날마다 이 세상 첫날처럼

날마다 이 세상 첫날처럼

초판 1쇄 발행 2014년 5월 30일
초판 2쇄 발행 2014년 12월 8일

지은이 나태주

펴낸이 김선기
펴낸곳 (주)푸른길
출판등록 1996년 4월 12일 제16-1292호
주소 (152-847) 서울시 구로구 디지털로 33길 48 대륭포스트타워 7차 1008호
전화 02-523-2907, 6942-9570~2
팩스 02-523-2951
이메일 purungilbook@naver.com
홈페이지 www.purungil.co.kr

ISBN 978-89-6291-256-2 03810

• 이 도서의 국립중앙도서관 출판시도서목록(CIP)은 서지정보유통지원시스템 홈페이지(http://seoji.nl.go.kr)와 국가자료공동목록시스템(http://www.nl.go.kr/kolisnet)에서 이용하실 수 있습니다.(CIP제어번호 : CIP2014015296)

날마다 이 세상 첫날처럼

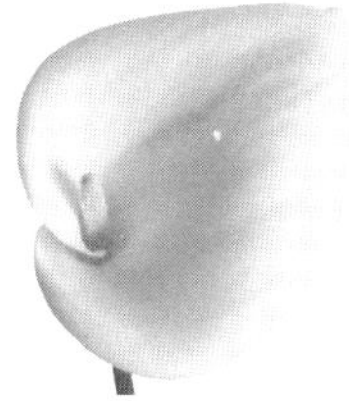

풀꽃 시인, 나태주 산문집

푸른길

책머리에

책을 가질 때마다 맘이 설레고 느낌이 특별하다. 새삼스럽다. 여러 차례 책을 낸 사람이라고 해서 밋밋할 것 같지만 전혀 그렇지 않다. 뭐랄까? "내가 그림을 탄생시키면 그림이 다시 나를 탄생시킨다." 어떤 화가가 말했듯이 정작 책은 내가 써서 세상에 내놓지만 다시금 책은 나를 세상에 내세운다는 그런 느낌이다.

그런 의미에서 책은 나의 자성(子性)이면서 거꾸로 모성(母性)이기도 하다. 한 편의 글은 나를 이끈다. 더구나 한 권의 책은 더욱 멀리까지 나를 데리고 간다. 어디까지 데리고 갈 것인가. 다만 겸손히 책의 이끌림에 따라가 볼 일이다.

이 책은 또 전혀 뜻밖의 소산이다. 그동안 쓴 글들을 정리하고 있는 차제(此際)에 푸른길출판사 김선기 사장으로부터 전화가 걸려 왔다. 책으로 낼 만한 원고가 없느냐고. 어떻게 내가 원고 정리를 하고 있는 줄을 알았을까? 세상에는 이렇게 마음으로 통하는 길이 있고 내가 알다가도 모르는 구석이 있나 보다.

세상살이의 소감, 글을 쓰면서 가져야 했던 각오, 사소한 일상의 살피에서 오갔던 마음의 설렘 같은 것들을 모아 한 권의 책으로 만든다. 여전히 감사하고 종이한테는 미안스런 일이다. 부디 이 책이 거짓말을 하지 않는 책으로 독자들에게 다가갔으면 좋겠다.

2014년 봄, 나태주

차 례

2부 인생이란 것

3부

안다는 것과 할 수 있다는 것

누군가 내 남은 인생의 계획을 물으면 이렇게 대답한다. "오늘도 어제처럼, 내일도 오늘처럼. 할 수만 있다면 아침에 잠 깨어 이 세상 첫날처럼. 저녁에 잠이 들 때 이 세상 마지막 날처럼."

1부

날마다 이 세상 첫날처럼

딸에게 - 사람 관리

'관리'란 말은 '물건이나 일을 맡아서 처리한다.'는 뜻이다. 그런 관리란 말에다가 사람이란 말을 붙여서 사람 관리라고 하면 조금쯤은 거부감을 느낄지 모른다. 그러나 그렇게 민감하게 받아들일 일은 아니다. 어차피 우리는 사람과 사람 사이에서 살아야 하는 사회적 존재이기 때문에, 물건이나 일을 관리하듯 객관적이고 차갑게 관리해서는 안 되겠지만 사람을 관리 대상으로 삼아도 그다지 나쁘지 않을 듯싶다. 어쩌면 이 말은 인간관계를 잘 보살피고 챙긴다는 말의 요약일지도 모른다.

어쨌든 사람 관리. 사람이 한평생 살아가는 데 인간과 인간의 관계 설정은 매우 중요하다. 그것이 잘될 때 일도 잘 풀리고 세상살이 또한 수월할 것이다. 어쩌면 우리들의 하루하루는 이 인간 관리, 즉 인간관계 속에서 촘촘하게 짜여지는 그물망과 같은 것이다. 정말로 사람 관리는 중요하고 또 중요하다.

사람 관리는 사람을 소중히 여기고 사람을 함부로 대하지 않는 데서 출발한다. 그것은 나이가 어리거나 사회적 지위가 낮거나 경제사정이 안 좋은 사람도 마찬가지다. 그다음으로는 작은 것을 함부로 하지 않는다는 것이다. 오가는 인사, 말 한마디, 편지 한 장, 메모나 이메일, 메시지 하나라도 함부로 처리하지 않고 소중히 간직하고 처리하는 데 그 기본이 있다. 그리고는 나 아닌 다른 사람, 즉 타인을 끝까지 잘 챙겨 주는 데 있다. 특히 작은 일을 잘 챙겨 줌이 중요하다. 누구든 챙겨 주면 고마워하고 그것을 오래 잊지 못하는 법이다.

사람 관리의 대상은 참으로 넓고도 많다. 가족, 친지, 친구, 이웃, 스승, 제자, 선배나 후배, 직장 동료, 지역사회에서 만나는 사람들, 어쩌다 스쳐 지나며 만나는 사람들, 낯선 여행지에서 만나는 사람들까지…. 그들을 참으로 좋은 인생의 반려와 동반자로 삼을 때 우리의 날들 하루하루는 매우 반짝이며 활력 있는 날들이 될 것이다. 어찌 좋은 것, 의미 있는 것을 멀리서 높은 데서 찾겠느냐. 네 가까운 곳, 늘 편한 곳에 네가 바라고 꿈꾸는 것들이 숨어 있음을 알아라. 그들은 모두 우리의 사랑을 기다리고 있다. 우리는 그것을 기꺼이 받아들여 사랑하고 섬기고 함께 고마워하고 기뻐하면 되는 것이다.

*

사람과 사람 사이에 인생의 아름다운 길이 열린다. 사람과 사람의 만남 속에 사랑이 있고 기쁨이 있고 고마움이 있다. 딸아. 늘 너와 함께 몸 부대끼며 살아가는 사람들이 너의 인생의 동반자이고 가장 좋은 동료이며 스승이며 친구이며 연인이다. 일찍이 톨스토이 같은 러

시아의 소설가는 세상에서 가장 소중한 것 세 가지를 이렇게 말해 주었다. 첫째는 지금, 여기. 둘째는 옆에 있는 사람. 셋째는 그 사람에게 잘해 주는 것.

아, 그러나 나는 이런 좋은 말을 너무 늦은 나이에 알았지 뭐냐. 늦은 때가 가장 좋은 때, 이른 때라는 말도 있다. 지금부터라도 시작할 일이다. 지금부터라도 감사할 일이다. 이것은 늘 나에게 들려주는 말이란다. "인생은 이렇게 인간과 인간 사이에서 피어나는 향기로운 꽃과 같은 것이었구나."

(2013)

1달러의 감사와 행복

캐나다는 첫인상이 매우 평화롭고 순했다. 미국 시애틀에서 비행기를 내려 버스를 타고 드넓은 육로를 달려 해 저물녘 국경선을 넘는 입국 절차부터가 인간적이며 우호적이었다. 식물성의 냄새가 난다 그럴까. 미국이 눈을 부라리며 호령하는 나라라 그런다면 캐나다는 미소를 머금은 나라 같다는 생각을 갖게 했다.

사람이 많지 않았다. 아니, 사람을 많이 만나지 못했다. 만나긴 했지만 사람보다는 산을 더 많이 만나고 계곡과 개울과 호수를 더 많이 만났다. 그보다는 나무들을 더 많이 만났다. 가도 가도 산이고 계곡이고 개울이고 호수고 나무였다. 그렇다. 캐나다는 산의 나라였고 계곡과 호수의 나라였고 더 많이는 나무의 나라였다.

주로 여행한 지역이 서부 로키 산맥 지역이어서 그랬던지 가도 가도 초록색이고 검은색 바위산이고 드문드문 나타나는 그림엽서에서나 보았음 직한 마을이요 집들이었다. 꿈결 같았다. 세상에 어쩌면 이런 나라가 다 있을까 싶었다. 공기는 수정처럼 맑고 하늘 또한 맑고 푸르렀다.

하나님도 불공평하시지. 왜 이 땅에만 이렇게 엄청난 축복을 쏟아 부으셨을까? 잠시 나는 하나님이 원망스럽기도 하고 우리나라 자연의 왜소함과 누추함에 속이 편치 못했다. 지상천국이 있다면 이런 곳이 아닐까 싶은 생각이 떠나지 않았다.

짧은 일정이었지만 참 많은 것들을 보고 새로운 것들을 만났다. 햇빛이 비쳐 비췻빛으로 반짝이는 루이즈 호수, 에메랄드 호수. 이름조차 기억할 수 없었던 수없이 많은 호수들. 만년설을 보았고 만년설이 녹아내리는 폭포를 보았고 설상차를 타고 빙하 지역을 찾기도 했고 빙하 지역에만 산다는 나무숲을 보았다.

구상나무라 했던가, 가문비나무라 했던가. 최상품의 바이올린을 만드는 목재로 쓰인다는 나무들이었다. 오로지 빙하가 녹은 물과 모진 북풍에 시달리며 자라는 그들은 수백 살 나이를 먹어도 키가 자라지 않고 몸통이 굵어지지 않고 나이테마저 뭉개져 알아볼 수 없게 된다 그랬다. 나는 그들에게 '바이올린나무'란 이름을 붙여 주었다.

그런 가운데 여행 둘째 날 저녁 무렵, 무심히 찾은 계곡에서 만난 연어들을 잊을 수 없다. 마침 그들은 알을 낳으러 모천(母川)을 찾은 어른 연어들이었다. 호텔 방에 짐을 풀었을 때 연어가 올라왔으니 보러 가도 좋다는 전갈을 받고 찾은 나지막하고 좁으장한 개울물이었다. 벌써 많은 사람들이 찾아와 법석을 떨고 있었다. "와, 연어다!" 환호를 하고 있었다.

정말로 연어였다. 처음 본 연어는 생각 밖으로 몸통이 크고 우람했다. 그런데 그들은 모두가 몸에 상처를 입고 있었다. 멍투성이였다고 하면 적당한 표현이 될 것이다. 정말로 연어들의 입은 아래턱이 커다랗게 불거져 있었다. 바다에서 육지로 올라오면서 그렇게 아래턱이 변형이 되어 아무것도 먹지 않은 채 한사코 자기 고향으로 찾아와 알을 낳는다는 연어. 그리고서는 힘이 부쳐 생명의 날을 마감한다는 연어….

정말로, 정말로 연어들은 그렇게 죽어 가고 있었다. 성질 급한 한국의 관광객 몇 사람이 신을 신은 채 텀벙 개울물로 들어가 연어를 들어 올렸을 때 연어들은 사람들의 손바닥 위에서 힘없이 몸을 부리고 가만히 있었던 것이다. 나는 눈물이 핑 돌 것만 같았다. 저 물고기들이 정말로 내가 가끔씩 예식장에 딸린 뷔페식당 같은 데서 먹었던 그 연어회의 원형이란 말인가!

성스럽다고나 그럴까. 가슴 벅차다고나 그럴까. 인간인 나 스스로가 많이 부끄럽다고나 그럴까. 차라리 연어를 만나지 말고 돌아갔으면 더 좋았을 것이란 생각이 들었다. 이제는 연어회를 마음 놓고 먹기가 어렵게 됐다는 생각이 들기도 했다. 그런데 그때, 일이 터지고 말았다. 우리들이 연어를 만난 기쁨에 한동안 소란을 피우고 있는 사이, 백인 남자 한 사람이 나타나 큰소리로 뭐라고 말을 했던 것이다.

그는 화를 내고 있었다. 동행한 가이드의 설명에 따르면 사람들이 함부로 개울물에 들어가면 연어알을 밟아서 죽게 할 수 있으므로 그렇게 개울물에 들어가는 일은 법으로 금지되어 있기에 관리인이 화를 내는 것이라 했다. 여기서도 어글리 코리안의 실체가 다시 한 번 증명된 셈이다. 나는 서툰 발음으로 "아이 엠 소리."를 여러 차례 반복해서 그 관리인에게 들려주었다. 그랬더니 나중에는 그도 웃는 낯으로 나에게 무어라 무어라 이야기해 주었다. 나는 말뜻을 알지도 못하면서 웃으면서 고개를 끄덕여 주었다.

참으로 순한 사람들이다. 착하고 평화롭고 마음씨 고운 사람들이다. 캐나다는 그렇게 커다란 나무, 곱게 물든 붉은색 단풍나무 아래 조용히 놀고 있는 아이들의 모습이 떠오르는 나라다. 더러는 커다란 나무 아래 곱게 늙은 노인이 웃는 눈으로 적대감 없이 이방인을 바라보아 주는 나라다. 참 아름다운 나라다. 깨끗한 나라다. 세상에 태어나 한 번이라도 이렇게 캐나다를 보았다는 건 나에게 행운의 일이다.

그런 가운데 특히 나를 울린 일은 또 엉뚱한 곳에서 일어났다. 서구 지역을 여행하다 보면 아침마다 호텔 방을 나올 때 1달러짜리 지폐 한 장씩을 침대에 놓고 나오는 것이 하나의 에티켓이다. 아마도 그것은 밴쿠버의 한 호텔에서였을 것이다. 그 호텔에서 우리는 이틀을 연달아 묵도록 되어 있었다.

첫날을 묵고 다음날 아침, 호텔 방을 나설 때 우리는 1달러짜리 미화 두 장을 책상 위에 가지런히 놓고 나왔다. 그런데 저녁에 돌아와 보니 돈이 놓여 있던 책상 위에 한 장의 메모지가 놓여 있는 것이었다. 무얼까? 그것은 방을 치우는 일을 하는 여자 분이 써 놓은 쪽지

였는데 내용은 자기에게 팁을 주어서 감사하다는 것이었다. 아, 1달러의 팁을 받고 감사의 편지를 쓰다니! 감동이었다. 행복한 마음도 들었다. 1달러의 감사와 행복. 그것은 이국에서 맛본 특별한 느낌의 시간이었다.

"팁을 주신 것에 대해 감사드립니다. 시설 관리인. Thank you so much for the tip from House Keeping."

캐나다는 그렇게 나에게 겸손한 나라, 깨끗한 나라, 순한 나라, 아름다운 나라, 감사하고 행복한 나라로 기억되었다.

(2013)

종이에게 잘못했다

일평생 살면서 내가 저지른 잘못은 참으로 많다. 일일이 기억하고 열거할 수 있는 일보다도 기억하지 못하는 일들이 더 많을지도 모른다. 오죽했겠는가! 나의 옹졸함과 고집과 독선과 가지가지 패덕과 실수. 쌓아 놓는다면 산이 될 것이고 늘어놓는다면 들판이 될 것이다. 앞으로 쓰일 나의 자서전 한 권은 차라리 참회록으로만 채워져야 할지도 모른다.

그런 가운데 내가 종이한테 한 잘못은 참으로 지대하다. 종이에게 죄를 많이 졌다. 미안한 점이 아주 많다. 미안하다는 것은 먼저 사랑했다는 말이 된다. 더 많이 사랑했어야 하는데 그러지 못했을 때 미안하다는 말이 나온다. 인간 사회에서도 그렇다. 잘못 사랑했을 때 미안하다는 말을 하게 된다.

종이에 대한 나의 입장도 그렇다. 내가 종이를 사랑했기에 종이에게 미안한 마음이 있고 또 그런 말을 하기도 하는 것이다. 어려서부터 종이를 무척 좋아하고 아꼈다. 그러나 우리의 어린 시절은 물자가 매우 부족한 시절이라서 종이가 귀했다. 종이로 만든 책도 귀했고 노트도 귀했다. 노트는 공책이라 부르기도 했고 잡기장이라 부르기도 했다.

늘 학용품이 궁했다. 갈급(渴急)했다. 어려서부터 맘껏 갖고 싶은 것이 있었다면 그것은 공책이요 또 연필이다. 그것도 하나의 궁상이요 궁기였을까? 지금도 나는 종이와 연필에 대한 욕심을 버리지 못하고 사는 사람이다. 커다란 종이 상자에 쓰지 않은 연필을 종류대로 여러 다스 보관하고 있고 종이도 아주 많이 간직하고 있으니 말이다.

종이나 연필이 없으면 꼭 집안에 먹을 양식이 떨어진 양 불안하다. 책에 대한 집착도 결국은 종이에 대한 집착이다. 책을 사 모으기를 좋아했고 드디어는 스스로 책 만들기를 좋아했다. 글을 쓰는 사람이니 당연한 일이라 그러겠지만 나의 경우는 좀 심하지 않았나 싶다. 그동안 책을 너무 많이 낸 것이다. 아무래도 지나쳤다 그럴까.

개인 시집만 해도 30권을 훌쩍 넘겼고 산문집이며 선집류, 또 전집류까지를 합하면 80권도 넘는다. 이 많은 책을 내면서 나는 얼마나 많은 종이를 낭비한 것일까? 결국 종이를 많이 썼다는 건 나무를 많이 베었다는 말과 다름이 없다. 나 좋아서 낸 책이다. 그러나 그러는 바람에 종이가 많이 소비되고 나무가 많이 베어진 것이다.

종이에게 잘못했다. 나무에게 더 많이 잘못을 저지르고 말았다. 미안하다. 종이에게 미안하고 나무에게 더욱 미안하다. 이제는 종이에게 나무에게 머리 조아려 사죄를 드려야 한다. 그런데 답답한 일은 아직도 내가 종이에 대한 애착을 버리지 못했을 뿐더러 앞으로도 더 많은 책을 꾸준히 낼 것이라는 점이다. 나의 욕망을 위해 앞으로도 얼마나 많은 종이가 필요할 것이며 얼마나 많은 나무가 베어져야 할 것인가?

우리네 인간 생활에서 종이처럼 소중하고 긴요한 물건도 없겠다. 종이는 불의 발견과 사용은 물론 바퀴의 발명 및 사용과 함께 인류에게 있어 3대 사건이라 할 수 있겠다. 이건 어디 책에 그렇게 쓰인 것이 아니라 내 생각이 그렇다는 얘기다. 무릇 문화의 발달과 계승은 주로 책으로 이루어진다. 이러한 책을 만들어 주는 것이 종이이기에 종이의 장점이나 필요, 공로 등에 대해선 두말이 필요 없겠다.

나는 기독교 신자로서 불교적인 환생관이나 인연설을 크게 믿거나 따르는 사람은 아니다. 그렇지만 때로 나는 생각해 보곤 한다. 이번의 생명을 다한 뒤 자비하신 신이 있어 만약에 다음 세상에 다시금 목숨 가진 존재로 태어날 수 있는 기회를 주신다면 무엇으로 태어날 것인가? 적어도 나는 사람으로는 다시 태어나고 싶지 않다. 아, 세상에 나와 사람으로 살면서 얼마나 힘이 들었던가! 그렇게 힘든 사람 노릇을 왜 또 자청해서 한다 하겠는가.

대신에 나는 한 그루 나무로 태어나고 싶다. 기왕 나무로 태어난다면 크고도 높게 자라는 나무로 태어났으면 한다. 그리하여 나 자신 언젠가 베어져 펄프가 되고 또 많은 종이가 되어 여러 권 책으로 다시 태어나기를 바란다. 그럴 때 지상의 어느 곳에 눈이 맑은 소녀 하나 살고 있어, 그 아이가 또 시를 쓰는 아이라면 그 아이가 쓴 시들을 담아내는 시집이 되었으면 한다. 그렇게 된다면 이 세상에서 살면서 내가 종이에게 저지른 잘못을 어느 정도 사죄드리는 동시에 턱없이 진 빚을 조금쯤 갚는 일이 되지 않을까 생각해 본다.

(2013)

사랑의 힘

인간에게는 여러 가지 힘이 있다. 육체의 힘, 정신의 힘, 마음의 힘, 감정의 힘. 그 가운데서 가장 강력하면서도 질긴 힘은 감정의 힘이다. 일견 감정의 힘은 미세한 것 같지만 인간의 마음과 정신을 지배하고 육체에까지도 지속적인 영향을 주는 것이기 때문이다. 무릇 인간은 돈이나 물건이 없어 자살하지 않는다. 자살의 가장 많은 이유는 절망감이요 불행감, 비애감 등이다. 그리고 소외감이다. 그만큼 감정이 중요한 것이다.

이러한 감정 가운데서도 소중한 감정은 기쁨의 감정이요 사랑의 감정이다. 마음속에 기쁨과 사랑의 감정이 부족할 때 우리는 불행감을 갖는다. 반대로 기쁨과 사랑의 감정이 우리를 행복한 사람으로 만든다. 우울증도 결국은 기쁨의 정서, 사랑의 정서가 부족할 때 생기는 정신적인 장애 증상이다. 그러므로 우리는 살면서 기쁨과 사랑의 감정을 더욱 증대시켜 갖도록 애써야겠나.

예술가들이 예술 작품을 창작해 내는 것도 감정의 힘에 의해서다.

절망이나 비애와 같은 마이너 감정도 예술 작품 창작의 촉매가 되지만 기쁨과 사랑의 감정은 더욱 좋은 창작의 에너지원이 된다. 젊은 시절 왕성한 작품 활동을 하던 작가들이 나이가 들면서 창작 의욕이 떨어지는 것은 바로 감정의 힘이 고갈되거나 부족해진 것에 그 이유가 있겠다.

세계적으로 널리 알려진 예술가 가운데 노년에 이르러서도 왕성하게 창작 활동을 계속했을 뿐더러 더욱 아름다운 작품을 생산해 낸 인물로서 우리는 독일의 소설가이며 시인인 괴테와 스페인의 화가 피카소를 기억한다. 활동 분야가 다르고 시대나 환경이 다르지만 그 두 사람은 초인적인 창작가였으며, 늙도록 좋은 작품을 지치지 않고 내놓은 사람이란 점에서 공통점을 갖는다. 그들의 생애를 통해서 볼 때 그들은 또 젊은 시절뿐만 아니라 나이 들어서까지도 끊임없이 여성들을 사랑한 것으로도 이름이 높다.

괴테의 경우, 마지막 연인으로 알려진 사람은 올리케라는 여인이다. 나이 72세 때 괴테는 17세 소녀인 올리케를 처음 만나 사랑을 느끼고 올리케가 성년이 되는 2년 뒤를 기다려 그녀에게 사랑을 고백했을 뿐더러 그녀의 부모에게도 결혼을 청원했으나 당사자인 올리케가 망설이는 바람에 사랑은 결실을 맺지 못한다. 55세나 되는 나이 차이를 극복한 사랑이다. 이에 괴테는 상실의 슬픔을 『마리엔바트의 비가』란 소설 작품으로 남기게 된다. 전하는 바에 따르면 괴테가 세상을 떠난 뒤 올리케는 95세까지 독신으로 살다가 죽었다고 한다. 왜 그녀는 혼자서 살았을까? 그 대답은 본인만이 알 뿐이다.

그다음으로 피카소의 바람기는 보다 심각한 수준이다. 여러 명의 여인들과 사랑을 했을 뿐더러 결혼도 수차례 했고 자녀 또한 이 여인 저 여인에게서 얻었다. 많이 복잡한 인물이라 하겠다. 하지만 여기서는 도덕적 가치나 윤리적 측면에서보다는 예술적 측면에서만 접근할 필요가 있다. 피카소의 생애 가운데 가장 주목이 되는 여인은 역시 마지막 연인이요 부인이었던 자클린느라는 여인이다.

피카소 나이 73세 때 갓 서른을 넘긴 여인 자클린느를 만났다. 자클린느를 만난 이후 피카소는 가장 안정적이면서도 왕성한 창작 활동을 펼쳐 예술적 생애를 완성하게 된다. 말하자면 자클린느는 피카소에게 구원의 여인이었던 셈이다. 피카소는 또 그렇게 자클린느를 만나기 위해 수없이 많은 여인들을 만나고 헤어져 왔던 것이며 늙은 사람으로 바뀌어 왔는지도 모를 일이겠다.

"그림은 나보다 훨씬 강하다. 자신이 원하는 바를 모두 내게 하도록 만드니까."

피카소가 노년에 이런 말을 남긴 것도 어쩌면 사랑하는 사람 자클린느가 곁에 있었기에 가능한 일이 아니었겠나 싶다. 어쨌든 사랑을 느끼는 마음의 힘, 기쁨을 느끼는 마음의 힘은 소중한 것이고 훌륭한 것이다. 그것은 우리에게 행복감을 느끼게도 하지만 진정으로 성공적인 인생으로 가는 곧고 환한 길을 제공하기도 한다.

또다시 봄이다. 꽃이 피었고 새싹이 솟았다. 우리 다 같이 기쁨을 느끼고 사랑을 느끼자. 기쁨과 사랑의 감정은 멀리에 있지 않다. 큰 것에 숨어 있지도 않다. 그것은 우리들 가까이에 있는 것이고 작은 것 보잘것없는 것, 눈에 보이지 않는 것들에 산재해 있는 그 무엇들이다.

(2013)

잘 사는 인생

어떻게 사는 것이 잘 사는 삶이고 성공하는 인생일까? 개인적으로 자기가 하고 싶은 일을 하면서 사는 것이 잘 사는 인생이고 성공한 삶이라고 생각한다. 남이 하는 일 가운데 좋아 보이는 것을 따라서 할 필요는 없다. 그래서는 안 된다. 단연코 자기가 하고 싶은 일, 좋아하는 일을 하면서 살아야 한다.

누구나 일단은 기본 교육을 받고 나서 성인이 되었을 때 자기가 어떤 일을 하면서 살아야 할 것인가를 생각하게 된다. 그래서 찾는 일터가 바로 직장이고 그 일이 직업이다. 이때 잘 생각해야 한다. 나의 직장과 직업이 꼭 잘 먹고 잘 살기만을 위한 것인가? 그래도 좋은가?

비록 잘 사는 일이 조금 지체된다 하더라도 공부하는 것이 좋은 사람은 계속 공부를 해야 하고, 운동이 좋은 사람은 운동을 계속해야 하고, 물건 만드는 일, 노래 부르는 일, 그림 그리는 일, 연극하는 일, 여행하는 일 등을 좋아하는 사람은 각각 그 일을 계속해 나가야 한다. 그러다 보면 그 일이 자기의 직업이 될 수 있고 언젠가는 밥벌이가 될 수도 있다.

그것이 진정한 직업이고 일생을 두고서 이루어야 할 인생의 목표이자 과업이다. 직업을 오직 잘살기 위한 수단, 밥벌이나 생활의 방편으로만 삼는다면 이야말로 답답한 일이고 궁색한 일이고 슬픈 일이다. 나중에는 지겨워서 못 견디게 될 것이다. 겉으로 그럴듯하고 좋아 보인다 해도 그것은 고역이요 감옥살이요 끝내는 허송세월한 무의미한 인생이 될 것이 분명하다.

성공한 인생, 잘 사는 삶에 대한 내 생각은 이렇다. 첫째는 자기가 좋아하는 일을 하면서 살 것. 둘째는 그 일이 타인에게 피해가 되지 않을 것. 셋째는 그 일이 남들이 부러워하는 일이 되고 남들한테 도움이 되는 일이 될 것. 말이니 그렇지 이런 일이 누구에게나 녹록하게 가능한 것은 아니다.

나는 어려서부터 연필과 종이를 좋아했다. 혼자서 노는 시간을 즐겼고 혼자서 생각하는 일을 좋아했다. 그래서 끝내는 글 쓰는 사람이 되었는지 모르고 서툴게나마 연필 그림을 그리는 사람이 되었는지 모른다. 그 두 가지 일을 하면서 나는 언제나 즐거웠고 내 인생의 시간을 잘라 바치는 일이 하나도 아깝지 않았다. 어쩌면 그 두 가지의 일이 오늘의 나를 만들었는지 모른다. 지금도 나는 혼자서 지내는 시간을 결코 두려워하지 않는다. 그 시간은 내가 정말로 내가 되어 보는 시간이고 나를 다시 들여다보는 시간이고 나의 인생을 재발견하는 시간이기 때문이다.

청소년 시절부터 나의 소원은 세 가지였다. 첫째는 시인이 되는 것이었고 둘째는 예쁜 여자한테 장가가는 것이었고 셋째는 공주에서 집을 사서 사는 것이었다. 오늘에 이르러 나는 그 세 가지를 다 이루었다고 말하면서 사는 사람이다. 특히 첫 번째 소원인 시인이 되는 꿈은 정말로 내가 이루고 싶은 꿈이었고 시인으로 사는 삶은 정말로 내가 살아 보고 싶은 삶이었다. 지금까지 몇십 년 동안 시를 써서 잡지에 발표도 하고 그동안 시집을 여러 권 내기도 했으며, 이제는 세상 누구나 나를 알 만한 사람들은 나를 시인이라 불러 주니 이 얼마나 좋은가! 이것은 최상의 명예요 성취요 기쁨인 것이다.

살면서 또 나는 스스로 한 일 가운데 네 가지를 잘한 일이라 말하며 살아왔다. 첫째가 시인인 것. 둘째가 초등학교 선생을 오래 한 것. 셋째가 시골에서 계속 산 것. 넷째가 자동차 없이 산 것. 시인인 것은 그렇다치고 초등학교 선생을 하느라 43년 3개월 지루하기도 했지만 그래도 오늘날 국가로부터 상당액의 연금을 받는 사람이 된 것은 오로지 그 덕분이다. 시골에서 줄곧 살아왔으므로 나는 자연의 아름다움을 늘 가까이 하는 사람이 되었고 도시화되지 않은 사람으로 남을 수 있었다. 이것도 고마운 일이다.

자동차 없이 살아서 가족들은 불편하고 상대적 빈곤감을 수월찮게 느꼈을 것이다. 그러나 나는 다소 불편하긴 했지만 버스나 택시로 해결하는 날마다의 통행 수단이 그다지 나쁘지 않았으며 여전히 길을 걷는 사람으로 살게 해 주었다고 생각한다. 그러는 바람에 나의 두 다리는 오랜 병고를 거친 뒤에도 다시금 실팍하게 근육 살이 올랐고 나이 들어서도 여전히 자연과 교감하는 사람으로 남을 수 있었다.

최근 5, 6년은 자전거를 타고 다니는 것이 나의 주된 통행 수단이다. 남들이 보면 궁색하다 그러겠지만 나 좋아서 하는 일이니 좋은 일이고 앞으로도 계속할 만한 일이라 하겠다. 자전거는 또 나에게 있어 자동차 가진 사람 못지않게 아끼는 살림 도구 가운데 하나다.

(2013)

샌타바버라에서 만난 여인

나는 막연한 입장에서 조그만 반미주의자였다. 덩치 큰 나라, 힘센 나라, 민주주의의 종주국이라 그러면서 세계에다 대고 호령이나 하고 힘을 쓰려고 하는 나라. 그 정도가 내가 갖고 있는 미국에 대한 기존 관념이었다.

개인적으로 미국과 관련된 친척이 있는 것도 아니고 일찍이 미국 방문의 기회가 있었던 것도 아니고 미국 여행에 대한 관심도 없던 처지였다. 그러한 내게 미국 여행의 기회가 열린 것은 지극히 우연한 일이었다. 2003년 11월, 미국 엘에이의 한 교포 문학 단체의 문학 캠프에 문학 강사로 초빙된 것이었다.

그야말로 행운이었다. 뒤늦게 서름서름 찾아간 미국은 매우 낯설고 두렵고 아득히 먼 나라였다. 난생 처음 만난 사람들이 많았다. 하지만 문학을 꿈꾸고 인생을 사랑한다는 공통분모 아래 우리는 충분히 편안했고 즐거웠다.

도착해서 며칠 뒤, 옥스나드란 곳의 한 장소에서 1박 2일 일정으로 문학 강연회가 준비되고 있었다. 강연회 시작은 오후 시간대. 비어 있는 오전 시간을 활용하여 동행인 J선생과 나를 젊은 두 여성 문인이 관광을 시켜 준다고 했다. 목적지는 캘리포니아 지역에서 가장 아름다운 휴양지인 샌타바버라.

한 여성은 눈이 보석처럼 반짝이는 여성이었고, 또 한 여성은 눈이 호수처럼 고요한 여성이었다. 눈이 호수처럼 맑은 여성이 바로 하정아 씨였다. 그냥 고요하기만 한 것이 아니라 고요한 눈빛 안에 웃음기가 숨어 있었다. 가만히 있어도 웃는 눈빛이었다. 아슴아슴하다 그럴까. 야튼 새몰새몰한 눈빛이었다.

그날 하정아 씨가 운전을 맡아서 했다. 하정아 씨는 매우 조심성 있고 준비성이 강한 사람 같았다. 뭐든지 그냥 아무렇게나 넘기는 일이 없었다. 미리 계획하고 세심하게 재고 살피고 그랬다. 난생 처음 도착한 샌타바버라는 흐린 날씨였다. 가는 빗방울마저 흩날렸다.

하정아 씨는 날씨 걱정을 많이 했다. 맑은 날씨면 파란 하늘이 내려와 맑은 바닷물과 친구하는 모습이 그럴 수 없이 아름다운데 그걸 보여 주지 못해 안타깝다고 했다. 하늘과 바닷물이 조응(照應)하는 것이 장관이라는 것이었다.

그러나 오히려 나에게는 흐린 날씨와 바다가 더 좋았다. 그럴 수 없이 편안한 마음이 들었던 것이다. 우리는 바다 가운데로 길게 나무다리가 놓인 곳에 자리한 한 식당—롱보드그릴(Long Board Grill)이라 기억되는—에서 바닷가재 요리와 포도주로 점심 식사를 했다. 앞아 있는 자리 옆 창문으로 덩치 큰 펠리컨과 갈매기들이 비행기처럼 날아다니고 있었다.

점심 식사를 마치고 우리는 모래밭으로 자리를 옮겨 시간을 보냈다. 하정아 씨는 자동차 트렁크를 열더니 여러 가지 물건들을 꺼냈다. 야외용 침대, 방석, 의자, 심지어는 비치파라솔까지. 금세 편안한 야외 공간이 구성되었다.

동행인 J선생은 두 사람 여성 문인과 구면인 듯 친숙했고 나만 썰렁했다. 그러나 나는 편안한 마음으로 바다를 바라보고 있었다. 태평양으로 이어진다는 바다. 회색빛 바다가 너무나도 넓고 아득하고 또 평온했다.

처얼석. 바다는 느린 발걸음으로 물결을 몰고 왔다가 모래밭에 제 몸을 누이고는 또 스르르 물러가곤 했다. 물결의 틈새로 무언가 보이는 것이 있었다. 새였다. 새라도 아주 몸집이 작은 새, 예닐곱 마리쯤 되었을까. 처음 보는 새였다. 이렇게 덩치 큰 나라에 이렇게 작은 새가 있단 말인가!

나는 그만 감격해서 카메라를 들고 바닷가로 나아가 새들을 사진기에 담으려고 했다. 쪼르르, 쪼르르. 물결을 따라 종종걸음 치는 녀석들을 따라다니는 나를 하정아 씨가 유심히 바라보고 있었다. 여전히 그 고요한 눈에는 웃음이 가득 담겨 있었을 것이다.

그렇게 하정아 씨와 만났다. 하정아 씨가 데려가 준 샌타바버라를 잊을 수 없다. 그것도 흐린 날 고요한 물결의 태평양을 잊을 수 없다.

그동안 나는 네 차례나 미국 나들이를 했다. 그것도 캘리포니아와 엘에이를 중심으로였다.

그러던 중, 다시 한 번 샌타바버라를 찾은 일이 있다. 그날은 날씨가 화창한 날. 그러나 화창한 날씨 속의 샌타바버라에는 하정아 씨와 처음 만난 그 아름답고 고요한, 심지어 명상적이기까지 했던 샌타바버라는 이미 떠나고 없었다.

(2011)

금학동 마을

내가 사는 마을은 금학동이다. 항용 어른들이 '짐학골', '지막골'이라 불러 왔던 마을. 지방 소도시인 공주에서도 변두리에 속하는 마을. 별다른 특색이 없고 아무도 눈길을 주지 않는 그런 마을이다. 내가 이 마을에 와서 살기 시작한 것은 30년도 훨씬 이전. 그때는 더욱 보잘것없는 마을이었다.

여기저기 논과 밭이 있고 풀덤불이 어우러진 사이로 작은 길이 나고 그 길을 따라 낡고 조그만 집들이 줄지어 있었다. 이른바 '후생 주택'이라 불리던 집들. 6·25 전쟁 이후 집 없는 가난한 사람들을 위해 미국에서 물자를 들여다 지은 집이다. 그러니까 목재도 시멘트도 미국 제품으로 지은 집이다.

공주로 직장을 옮기면서 그런 집 가운데 한 채를 구해서 살았다. 금학동 186-6번지 후생 주택. 집이라고는 하지만 헛간이나 마찬가지였다. 두 번씩이나 목돈을 들여 고쳤는 데도 집은 여전히 헌 집을 면치 못하고 있었다. 그래도 그 집에서 16년이나 살면서 좋은 일들이 많았다. 아이들은 잘 자라 주었고 나는 직장에서 교감으로 승진을 하기도 했다.

지금은 헐리고 집터만 남은 그 집. 세상에 나와 내 이름으로 맨 처음 가져 본 집. 그 집에 살 때 아내는 서른 살을 갓 넘긴 젊은 새댁이었다. 유순하고 말수가 적던 아내. 동네 할머니들이 좋아했다. 어쩌면 아내 편에서 동네 할머니들을 잘 따랐는지 모르겠다. 집안일을 마치고 짬이 나면 동네 마실을 자주 다녔다.

초여름부터 가을철까지 한데 생활이 가능할 때는 이웃집 마당이나 나무 그늘에 모여 앉아 윷놀이를 하곤 했다. 짤그락 짤그락. 윷가락 떨어지는 소리가 초저녁부터 밤 깊을 때까지 이어지곤 했다. 멀리서 들리는 윷가락 소리를 들으며 나는 밤 늦도록 책을 읽었다. 달 밝은 밤에 들리는 윷가락 소리는 그 어떤 음악 소리보다 고운 음악 소리였고 어떤 때는 윷가락 소리를 들으며 잠이 들기도 했다.

이제는 금학동도 참 많이 변하고 말았다. 아파트가 들어서고 원룸이 들어서고 옛집은 헐려 주차장이 되고. 그보다 더 큰 변화는 사람들의 변화다. 세월이 지남에 따라 그 많던 마을의 노인들이 다 세상을 뜨게 되고 또 이사를 가게 된 것이다. 하기는 우리 자신이 그날에 만났던 그 노인들만치 나이를 먹고 말았으니 달리 더 할 말은 없는 노릇이다.

금학동 마을의 특징은 사람들이 자연과 어울려 편안하게 욕심 없이 산다는 것이다. 집집마다 조그만 뜨락이나 밭을 가지고 있어 거기에 채소를 심고 꽃을 가꾼다. 울타리나 담장 아래에도 무언가를 심어 가꾸고 그마저 없는 사람들은 화분을 마련하여 거기에 고추도 심고 화초도 심는다. 골목길을 걷다 보면 담장이나 울타리를 타고 올라온 호박이나 작두콩이나 수세미 줄기를 자주 만날 수 있다. 수줍게 아무렇지도 않게 피어난 꽃들이 마치 주인의 웃음만 같아 여간 정겨운 게 아니다.

골목길에서도 유독 꽃을 잘 키우는 몇 집이 있었다. 그 가운데 두 집은 구멍가게를 하던 집. 아래 구멍가게는 딸이 많은 집인데 딸들이 다 예쁘고 착실해서 눈길이 가던 집이었고, 위 구멍가게는 주인 할머니가 마음씨가 고와서 정이 가던 집이었다. 오며 가며 얼마나 정다운 눈초리로 보았는지 모른다. 나이 든 주인들이 나와 꽃을 가꾸고 손질하는 모습이 참으로 좋아 보였다.

그 시절 가난하던 아내는 그 두 가게에서 자주 두부며 콩나물을 사다가 반찬을 해서 밥상에 올렸다. 200원어치 300원어치도 팔았다. 꿈만 같은 옛일이다. 이른 아침 부옇게 동이 틀 무렵 짤랑짤랑 종소리를 내면서 콩나물이며 두부를 실은 차가 어둠을 헤치며 지나가는 것을 자주 들은 기억이 있다. 지금 생각해 보면 정말로 그런 시절이 있었던가 싶을 정도로 아득하고 낯선 느낌이다.

그런데 이제는 두 가게 주인이 모두 세상을 떠나 가게 문을 닫은 지 오래다. 따라서 주인이 꽃 가꾸는 모습을 볼 수도 없게 되었다. 그래도 아래 가게엔 할머니만이라도 남아 아직도 길가에 내놓은 화분이며 텃밭에 있는 채소며 화초를 돌보는 모습들을 볼 수 있어 다행이다.

사람과 자연이 어울려 욕심 없이 편안하게 살아가는 동네, 공주 금학동. 예전엔 개구리 소리, 매미 소리, 풀벌레 소리 어울려 수풀보다 더 깊은 수풀을 이루던 마을. 지금은 신식 건물이 들어서면서 불빛이 밝아진 마을. 나로서는 최후의 보루 같은 곳. 아직도 정다운 사람들이 살고 있어 정다운 마을. 오늘도 나는 아내와 함께 산책길에 나갔다가 문이 닫힌 채 잠겨 있는 위 가겟집을 안타까운 눈초리로 바라보다가 돌아왔다.

(2012)

좋은 날

오늘 토요일, 서울 나들이 계획을 접었다. 하루를 조용히 집에서 쉬고 싶기도 했지만 날씨가 너무도 맑고 좋아서였다. 날씨가 좋아서 집에서 쉬고 싶다? 이건 예전엔 없던 현상이다. 예전엔 날씨가 좋으면 없던 외출이라도 새롭게 생각해 내던 나다.

집에서 쉬는 대신 아침 산책길에 나서기로 했다. 지금까지 산책은 주로 저녁 시간에 했으므로 이 또한 흔하지 않은 일이다. 산책 코스는 물어보나 마나 집 가까운 호수. 예전에 수원지로 쓰이던 두 채의 호수를 시민들의 산책로로 가꾸어 놓아 얼마나 좋은지 모른다.

아내와 동행했다. 아니, 아내가 하는 산책길에 내가 따라붙었다. 아파트를 나서니 공기가 아주 좋았다. 바람도 적당히 시원하고 습기도 알맞고 햇빛은 눈부시도록 깨끗하고 하늘 또한 높고 푸르다. 이런 날이 많지 않다. 1년 가운데도 며칠 되지 않는다.

걸으며 만나는 것들이 모두가 새롭고 신선하다. 담장을 타고 오른 호박 줄기. 텃밭의 고추며 채소. 골목길 대문간에 핀 유홍초. 토마토는 비를 맞고 붉은 놈들은 몸이 터져 있었다. 붉은 토마토가 비를 맞으면 몸이 터진다는 것도 아내가 일러 주어서 새롭게 안 일이다.

모두가 새롭게 태어난 모습이다. 싱싱하다. 이들을 바라보는 나까지 숨 쉬기 편하고 눈 뜨기조차 편한 느낌. 잰걸음으로 찾아간 개울엔 어리연꽃이 샛노랗게 피어 있었고 수련도 피어 있었다. 제각기 비를 맞고 난 뒤라서 밝은 햇빛 아래 눈부신 자태를 뽐내고 있었다.

본격적으로 호수 길에 드니 더욱 좋았다. 짙어질 대로 짙어진 녹음이 얼마나 사람을 편하게 감싸 주는지 모르겠다. 몸이 편하고 마음이 편하고 영혼조차 안정되는 듯싶다. 그늘에서 건너다보는 호수가 참 좋다. 햇빛이 비친 부분과 그늘진 부분이 갈라져 서로 다른 보석처럼 빛나고 있다.

건너편 산은 어떤가? 여러 차례 보아 온 낯익은 풍경이지만 그 너머 어딘가 새로운 것, 비밀스런 미지의 세계가 있을 것만 같아 고개가 갸우뚱해지는 마음이다. 좋다, 참 좋다는 말이 절로 나온다. 이런 때 좋다는 말을 할 수 없다면 어떻게 이런 마음을 표현할 수 있을 것인가? 더러 산행길에 "야호!" 하고 소리치는 사람들 마음을 이해할 것만 같다.

호수의 변두리에 수련이 피어 있었다. 하얀색 꽃이었다. 그 꽃을 보면서 아내가 말했다.

"호숫가에 학들이 내려와 있네."

그러다가 다시금 고쳐서 말한다.

"아니, 백로가 날아와 있네."

아내는 이제 '입시인'이다. 입으로 시를 쓰는 시인이란 말이다. 예전엔 '귀시인'이라고만 불렀다. 이 또한 귀로 들을 줄 아는 시인이라는 뜻이다. 이것은 또 '귀명창'이란 말에서 본떠 내가 지어낸 말이기도 하다.

이렇게 좋은 날은 참으로 드물다. 몇 달을 두고 모진 가뭄이 있었고 어렵게 며칠 비가 내렸고 그리고서 햇빛이 들었기 때문에 비로소 허락되는 날이다. 신은 이렇게 귀한 카드를 등 뒤에 숨겨 두었다가 깜짝쇼처럼 우리에게 보여 주시는 것이다. 서울 나들이를 그만두기를 참 잘했다는 생각을 하게 된다.

오늘은 좋은 날. 집에서 조용히 쉬면서 아무 일도 하지 않고 하루를 보내리라 생각해 본다. 그러하다. 저녁이 되어 나는 오늘 하루 아무 일도 하지 않고 아무런 특별한 일도 없어서 좋았다, 다 좋았다고 그렇게 말하리라.

(2012)

일상의 발견

날마다 우리가 살아가는 날들은 지루하고 따분하다. 그날이 그날인 것 같고 하나도 새로운 일이 없는 것처럼 느껴진다. 먼지만 자욱이 낀 날들이 반복된다고 생각하기 쉽다. 오늘 하지 못한 일 내일 하면 되지, 미루는 버릇도 날마다 똑같은 날이 반복된다는 생각에서 비롯된 것이다. 옛날 어른들도 '쇠털같이 많은 날'이라 말씀했고 '솔잎같이 흔한 날'이라 말씀했다.

그러나 참말로 그런가, 다시 한 번 생각해 볼 필요가 있다. 과연 오늘은 어제와 같으며 내일은 또 오늘과 같을 것인가? 아니다. 절대로 아니다. 오늘은 어디까지나 오직 하나만 있는 오늘이다. 다만 어제와 같다고 보는 데 문제가 있을 뿐이다. 이 세상의 것들은 그 무엇이든 똑같은 것은 하나도 없다. 오직 유일한 것들뿐이다. 시간이든 공간이든 물질, 사건이나 인간 모두가 그렇다.

부처님의 "천상천하유아독존(天上天下唯我獨尊)" 같은 말씀도 이쯤에서 생겨난 말이다. 마땅히 만물의 유일성에 눈을 크게 떠야 한다.

그래야 새로운 것들이 새롭게 보인다. 정말로 무엇 하나 똑같은 것이 세상에는 없다. 하나만 있는 것들이다. 날마다 찾아오는 아침도 유일한 아침이다. 태양도 어제의 태양이 아니고 새소리 또한 어제의 새소리가 아니고 바람이나 하늘, 햇빛도 어제의 그것이 아니다.

아, 이 얼마나 놀라운 사실인가? 감사하고 고마운 일인가? 기지개를 켜면서 의식의 잠에서 깨어나야 한다. 분명코 새로운 것을 새롭게 보지 못하는 것은 우리들의 게으름 탓이요 맹목(盲目)에 그 원인이 있다. 모든 것들을 관습적으로 습관적으로 보고 믿고 그대로 따르는 것은 답답한 노릇이다. 이런 데서 타성이 나오고 권태가 나오고 고정관념, 선입견이 출발한다.

모든 것들을 이 세상에서 처음 보는 것처럼 보아야 할 일이다. 모름지기 어린아이가 잠에서 깨어나 바라보는 세상처럼 보아야 한다. 그렇지 않고서는 우리에게 구원의 방법은 달리 없다. 사랑하는 일도 연습이나 학습이 필요한 것처럼 사물을 새롭게 보는 것도 연습이나 학습이 필요하다. 그렇게 하도록 노력해야만 된다는 얘기다.

삶에서는 호기심이 중요하다. 호기심이야말로 새로움의 세계로 이르는 도구이며 징검다리 같은 구실을 해 주는 것이다. 반복되는 일상 속에서 새로움을 보아 내는 능력도 호기심 안에 숨어 있다. 그저 그런 따분한 일상에서 새로움을 보아 내는 것도 하나의 발견이며 마음의 능력이다. 그러기 위해서는 우리들 눈에 낀 먼지부터 씻어 낼 필요가 있다.

얼마 전 계룡산 기슭에 작업실을 갖고 있는 어느 건축가의 집에서 열린 하우스콘서트에 참석한 일이 있다. 음악을 듣는 도중, 집주인이 자기의 동서 되는 사람에 대한 이야기를 해 주었다. 그의 동서는 스위스 남자라고 그랬다. 스위스가 어떤 나라인가? 알프스 산맥에 위치한 세계적으로 아름다운 관광의 나라, 영세중립국이다. 그런데 그 남정네는 한국의 자연에 반하고 한국의 여성에 반하여 한국인의 사위가 되었다는 것이다.

과연 한국의 어떤 자연에 반했는가? 놀랍게도 우리의 농촌 풍경, 가을날 벼가 누렇게 익은 논의 풍경에 반했다는 것이다. 벼들이 익어 누런 논 위로 쏟아지는 우리나라의 가을 햇살이 그를 매료시켰다는 것이다. 우리들한테는 그저 흔해 빠지고 범상한 풍경이다. 그런데도 스위스 청년에게는 그것이 그렇게 감동적이고 아름답게 보였다는 것이다. 정말로 감동이란 이렇게 엉뚱한 곳에서 오고 작은 것에서 출발하는 것이다.

그런데 한 번인들 우리는 벼들이 익어 가는 가을의 논을 유심히 바라본 적이 있었으며 그런 풍경이 아름답다고 느껴 본 일이 있었는가? 반성하는 마음이 들어 나는 지난 가으내 시골길을 지나면서 볏논을 바라보고 또 바라보았다. 그래 그런지 정말로 가을 논이 아름답게 보였다. 특히 오후 시간대 기울어져 가는 저녁 햇살이 빗금으로 떨어지는 가을 논은 더욱 아름답게 보였다. 그것은 가슴이 철렁할 정도로 처연한 아름다움이었다.

아, 이것이었구나. 이것을 스위스 청년은 보아 낸 것이었구나. 그것은 얼마나 놀라운 발견인가? 우리 또한 우리 주변에 흔하고 흔한 것들, 반복되는 일들 가운데서 새로움을 발견해 내는 지혜와 노력이 있어야 하겠다. 일상의 발견이다. 그러기 위해서는 마음가짐부터 새롭게 해야 한다. 이러한 마음을 나는 '가난한 마음'이라고 부르고 싶다.

가난한 마음이란 결코 빈한(貧寒)한 마음이 아니다. 궁핍한 마음도 아니다. 그것은 작은 것, 오래된 것, 낡은 것, 초라한 것, 흔한 것, 값이 비싸지 않은 것 들을 함부로 여기지 않고 소중히 여기는 마음이다. 주변에 널려 있는 사소한 것들을 사랑하는 마음이고 평범한 이웃을 사랑하고 아끼는 마음이다. 이러한 마음일 때 우리의 하루하루는 다시금 태어나는 매우 아름답고도 신선한 하루가 되어 우리를 맞아주지 않을까 싶다.

(2013)

묻지 마 문학 강연

참으로 모를 일이다. 지난해 가을부터 내게 문학 강연 청탁이 많이 들어오고 있다. 그동안도 문학 강연을 전혀 하지 않은 건 아니다. 1년에 10여 차례 정도는 문학 강연을 해 왔다. 그런데 이번에는 그런 것이 아니다. 한 달에도 10여 차례 문학 강연 청탁이 들어오는 것이다. 지난해에도 50여 차례 문학 강연을 했는데 올해는 그 수가 더 늘어서 70여 회를 넘어서고 있다. 더러는 일정이 겹치거나 개인 사정으로 거절한 경우도 있어 그것들까지 합한다면 더 많은 횟수가 될 것이다.

이렇게 나한테 문학 강연이 갑자기 늘어난 데는 나름 이유가 있겠지 싶다. 그것은 「풀꽃」이란 짧은 나의 시 한 편이 대중들에게 크게 어필되고 환영받는 데 있다고 본다. 내가 보기에도 이 시는 많은 사람들로부터 관심과 사랑을 받는 시다. 남녀노소 계층을 가릴 것 없고 입장이나 파당, 이념이나 상황 등을 가릴 것도 없다. 그야말로 국민 대중이 고르게 사랑해 주는 시가 되었다. 괴테가 말한 대로 "어린이에게는 노래가 되고 청년에게는 철학이 되고 노인에게는 인생이 되는 시"라고나 할까. 작자로서 매우 감사한 일이다.

영화에 들어가고, 교보문고의 '광화문 글판'에 올라가고, 학생들 교과서나 참고서에 들어가고, 과자나 책상, 핸드폰의 영상 광고에 사용되고, 정치인이나 연예인, 글을 쓰는 사람들에게 다양하게 인용되고 있다. 그런 가운데서도 가장 주효한 원인은 〈학교 2013〉이란 드라마다. 그 드라마 속에서 이종석이란 미남 배우가 이 시를 암송하여 많은 젊은 세대들에게 강한 인상을 남겼던 것이다. 학교에 가면 거의 모든 아이들이 「풀꽃」 시를 서슴없이 외운다. 그래서 나는 이를 '이종석 효과'라고 말하곤 한다.

어쨌든 나로선 감사하고 고마운 일로서 문학 강연은 주로 학교에서 많이 들어오고 가끔 주부 클럽이나 교회, 문학 단체 등에서도 들어온다. 학교에서 들어올 경우 거절하기가 쉽지 않다. 아이들이 나를 보자고 한다 하지 않는가! 여기에도 과거 선생을 했던 사람의 특별한 느낌과 생각이 없지 않다. 아이들이 나를 보자는데 그 무엇도 따지지 말고 가 주어야 한다는 것이 나의 기본적인 생각이다.

특히 강사료를 묻지 않는다. 얼마를 주든지 묻지 않는다. 주최 측에서 주는 대로만 받는다. 특히 학교일 때 그렇게 한다. 일정도 십분 배려하고자 노력한다. 가까운 지역일 때는 하루에 두 군데 겹치기 강연도 마다하지 않았다. 그러다 보니 건강에 무리가 오기도 하고 능력에 부치기도 했다. 이런 모습을 보고 가족들이나 친지들이 걱정을 해 주었다. 문학 강연보다 개인 건강이 더 중요하지 않겠느냐고.

그것이 정말로 그렇다 해도 나의 심정은 충분히 가서 학생들이나 문학 지망생들을 만나 문학에 대해서 말해 주고 인생에 대해서 이야기해 주고 싶은 마음이다. 그러면서 나는 내 이야기를 듣고 사인을 해 달라고 하는 사람들에게 성심성의껏 사인을 해 준다. 어떤 때는 명단을 받아 가지고 와 집에서 사인을 해 우편으로 보내 주기도 한다. 그것이 내가 세상에서 해야 할 일이라고 믿기 때문이다.

만약 내가 지금보다 훨씬 젊은 시절에 일반 대중들에게 시가 알려지고 또 문학 강연 청탁이 지금처럼 많이 들어오는 사람이었다면 분명 나 또한 오만한 사람, 자리를 가리는 사람, 거드름을 피우는 사람이 되었을 것이란 생각을 한다. 오히려 뒤늦게 시가 유명해지고 문학 강연 청탁이 많이 들어오는 사람인 것을 다행스럽게 여기는 마음이다.

나의 문학 강연은 '묻지 마 문학 강연'이다. 강연료를 묻지 않고 대상을 묻지 않고 거리를 묻지 않는다. 일정 또한 묻지 않으려고 애쓴다. 그렇게 많은 곳을 다녀왔다. 충남 일원은 물론이고 이웃 대전, 세종, 대구, 부산, 전주, 광주, 강릉, 경기도 이천과 파주와 고양 그리고 서울 등. 참 많은 사람들을 만나고 많은 이야기를 나누었다.

그러면서 나는 알게 되었다. 뜻밖으로 사람들은 시의 이야기를 듣고 싶어 했다. 사랑의 이야기, 아름다움에 대한 이야기에도 많이 목말라 했다. 그들은 또 누군가로부터 위로받고 싶어 했고 자신들의 상처를 치유받고 싶어 했고 자신들이 괜찮은 사람들이라고 인정받고 싶어 했다. 이제는 일일삼성(一日三省)을 할 것이 아니라 하루에 세 번씩 자신을 칭찬해 주는 일일삼찬(一日三讚)을 하자고 할 때 그들은 눈을 빛내며 고개를 주억거렸다.

우리는 결코 무가치한 사람들이 아니라 매우 가치 있는 사람들이며 가능성이 많은 사람들이고 충분히 아름답게 살 수 있는 자격을 갖춘 사람들이란 말에 그들은 환한 표정으로 대답을 대신해 주고 있었다. 강연자로서 가장 보람 있는 일은 청중들의 공감이고 그들의 변화다. 이것도 세상에 대한 헌신이고 봉사다. 이런 것을 아는 나는 앞으로도 여전히 형편이 허락하는 범위 안에서 즐거운 마음으로 문학 강연에 나갈 것이다. 그때에도 나의 문학 강연은 '묻지 마 문학 강연'이 될 것임은 물론이다.

(2013)

아, 데스밸리

여러 차례 엘에이를 오가면서 부근에 있는 데스밸리를 한번 찾아가 보고 싶었다. 그러나 번번이 조건이 맞지 않아 그러지 못했다. 데스밸리는 죽음의 골짜기란 이름 그대로 매우 특별한 땅. 지구 상에서 가장 더운 곳에 속하는 땅으로 여름은 물론 4월 말만 지나도 관광버스로는 여행이 불가능한 지역이다. 운 좋게도 그 데스밸리를 이번에 여행하게 되었다. 더구나 그것은 엘에이 지역 문인 23명이 우리 내외를 위해 마련한 문학 기행이어서 얼마나 감사한 마음인지 모른다.

더더구나 데스밸리를 찾아가는 날이 바로 3월 16일. 나의 생일날이었다. 달리고 달려도 끝이 나지 않는 넓은 땅. 질주와 질주 끝에 드디어 들어선 골짜기. 골짜기라 하기에는 너무나 드넓고 아득한 지평과 그 너머 산맥의 연속들. 올라가도 아주 높게 올라가는 오르막이었고 내려가도 아주 아득하게 내려가는 내리막이었다. 그 내리막길에서 듣던 〈글로리아(Gloria) 합창곡〉과 〈대리석 궁전에 사는 꿈을 꾸었네〉의 감동을 어찌 잊을까!

부드럽게 하강하는 관광버스 앞자리에서 그 노래들을 들을 때 나는 가슴이 뛰다 못해 밖으로까지 쿵쾅거리는 소리가 들리는 것 같았고 드디어 주르르 눈물을 흘리고야 말았던 것이다. 순간순간 살아 있는 목숨이라는 것이 얼마나 감격스럽고 감사했던지…, 그것은 너무나도 낯설고 커다란 풍경과의 만남에서 오는 충격이기도 했다.

아, 데스밸리. 말로 다할 수 없는 땅. 보았지만 보았다고 말할 수 없고 분명 가 보기는 했지만 가 보았다고 말하기도 어려운 땅. 오직 꿈을 꾼 것 같은 거기. 죽음의 골짜기라 그러지만 진정한 생명이 숨 쉬고 있는 땅. 시시각각 무너지고 시시각각 일어서고 시시각각 충만해지는 땅. 그냥 나더러 마구잡이식으로 말하라면 그 표현은 이렇다.

"너무나 놀라운. 너무나도 크고 다양한. 비교 개념을 찾을 수 없는. 상상을 절(切)하고 마는. 넘치고 넘치는 스케일과 거리감. 보지 않고서는 진정코 알지 못하는. 아니다. 보고서도 모르겠는. 아, 그 천지창조의 땅이여."

아득한 회색빛 들판 너머 까마득하게 흘러가는 높은 산줄기 줄기, 그 거무스름하기도 하고 희뿌옇기도 한 등성이 등성이. 그것은 경이와 경이의 연속이었고 그 위로 펼쳐지는 청옥빛의 크고도 넓은 하늘 스크린은 두 눈에 작은 가슴에 안기에 너무나도 벅찬 것이었고 또한 그 위로 흘러가는 순백색의 흰 구름은 그 어떤 말로도 표현하기 어려운 그 무엇이었다. 어찌 잊을 수 있으랴. 거대한 은갈치 구름이여. 구름의 성채, 구름 궁전이여. 구름 들판이여. 입을 맞대고 있는 이름 모를 동물 형상들이여.

해수면보다 86미터나 낮다는 배드워터(Bad Water). 그곳에서는 소금이 굳어진 끝없이 드넓은 새하얀 소금 벌판이며 소금 연못도 특별했지만, 느닷없이 몰아치는 강풍이 사람들을 후려치는 바람에 넘어지는 사람이 속출해야만 했다. 온, 세상에 그렇게 센 바람이 있다니! 땅덩어리가 넓다 보니 바람조차 그렇게 힘이 세고 막무가내였던 것이다. 그다음 코스인 모래 언덕(Sand Dunes)이나 자브리스키 포인트(Zabriskie Point), 우비히비 분화구(Ubehebe Crater)에서도 마찬가지였다. 역시 엄청난 바람의 떼를 만났던 것이다. 데스밸리 여행은 마치 신이 놀라운 볼거리들을 손에 꽁꽁 쥐고 있다가 일시에 풀어놓는 듯한 그런 경탄의 연속과 연속이었다. 그럴 때마다 우리는 몇 사람이서 어깨동무를 하고 바람에 맞서 산등성이를 엇샤엇샤 소리 내면서 오르곤 했다. 아, 그날의 어깨동무여. 옆구리에 느껴지던 인간의 체온이여.

사막의 한가운데 해수면보다 낮다는 곳에 자리 잡은 호텔, 그것도 데스밸리 안에 세 개밖에 없다는 한 호텔을 찾아가던 길에 본 석양을 또한 잊을 수 없다. 지는 해 짧은 햇빛이 건너편 산에 비쳤는데 그것은 기기묘묘한 영상의 연출이었다. 마치 영화의 한 장면 속에 내 자신 들어와 있다는 황홀감이랄까. 바라보다가 고개를 잠시 돌렸다 다시 보면 다른 빛깔과 모습으로 바뀌어 있는 것이었다. 누군가 하늘에서 커다란 등불을 들고 장난을 치는 것 같이 느껴져 오싹 소름이 끼칠 정도였다.

여기에 더하여 그 다음날 본 데스밸리 북쪽에 위치한 스코티 캐슬(Scotty's Castle)은 또 다른 보너스였다. 한 후덕한 부자—앨버트 존슨(Albert Johnson)—와 재주 많은 사기꾼—월터 스코티(Walter Scotty)— 한 사람이 만나 100년 전(1920년대)에 지었다는 요술 나라 같은 건물은 그 어떤 환상보다도 환상이었다. 어떻게 이렇게 구석지고 외롭고 동떨어진 곳에 이러한 집을 지을 생각을 했을까. 돈을 댄 사람이나 집을 지은 사람이나 참으로 별나다 싶었다. 더구나 모든 재료를 수제품으로 했고 심지어 문고리 하나 대문 장식 하나까지 망치로 두드려 만든 것이라 하니 미국 사람이 아니고서는 엄두도 내지 못할 일이라 하겠다.

희대의 사기꾼이라 하지만 한 사나이의 상상력과 집념에 의해 만들어진 사막 한가운데의 집이 참으로 아름답고 그윽하고 평화롭다 여겨졌다. 나 또한 이곳에 머무는 잠시, 편안한 아주 편안한 마음의 평화와 안정과 고요를 맛볼 수 있었다. 필시 오랜 옛날의 미국인들도 이러한 평화와 고요가 좋아 이런 엉뚱한 곳에 엉뚱한 집을 지었거니 싶다. 군데군데 고여서 흘러넘치는 물줄기를 따라 역시 군데군데 사막식물들, 오래 살아 몸피가 굵어지고 몸통에 버급이 앉을 대로 앉은 늙고 큰 나무들이 그윽한 눈초리로 먼 나라에서 온 키 작은 시인, 늙은 나이인데도 여전히 철부지인 한 시인을 정겨운 눈초리로 내려다보는 것처럼 느껴졌다.

돌아와 사람들은 나더러 데스밸리에 가서 몇 편의 시를 썼느냐 물었지만 솔직히 말해 나는 시를 한 편도 쓰지 못했음을 고백하지 않을 수 없다. 언제고 세월이 지나 격한 감정이 가라앉고 삭아지면 그 푸석한 기억의 한구석에서 기적처럼, 아니면 외마디처럼 몇 줄의 데스밸리 시가 쓰여질지도 모를 일이겠다.

나 이제 다시는 데스밸리를 보지 못한다 해도 좋다. 이번의 데스밸리 여행은 내가 세상에 나와서 가장 아름답고 가장 값지고 훌륭한, 참으로 감사한 행선이었다. 그 길 위에서 만난 모든 분들에게 감사한다. 바람에게 감사하고 구름에게 감사하고 햇빛에게 하늘에게 감사하고 풀과 나무 한 포기 한 포기, 언덕과 산과 골짜기 들판의 흙과 먼지들에게 감사한다. 아, 데스밸리 나오는 길에 우리는 관광버스 창가에 어린, 크고도 둥글고 확실한 햇무리를 보면서 환호에 환호를 했었다. 지금은 사라져 버린 햇무리에게도 감사하자. 좋았다, 다 좋았다라고.

(2012)

삼백예순다섯 개의 해님과 달님

또다시 세밑이다. 한 해가 저물고 다시 한 해가 밝아오는 길목. 언제고 이맘때면 스산한 마음이다. 어라, 벌써 이렇게 되었나? 더러는 당황하기도 할 것이요, 더러는 옷깃을 여미는 마음이 되기도 할 것이다. 새삼 세월의 빠름을 느낀다. 지난해 세상에는 무슨 일이 일어났고 나에게는 무슨 일이 있었던가? 과연 나는 무슨 일을 위해 살았던가? 가슴 태우기도 하고 발을 동동거리기도 했던 모든 일들이 어쩌면 주마등처럼 흐르기도 한다.

세월의 빠름을 보다 더 실감하는 축은 아무래도 나이 든 사람들일 것이다. 아이들, 젊은이들이야 저들의 앞길이 창창하니까 얼른 한 해가 가고 새로운 세상이 왔으면 싶기도 할 것이요, 저들의 삶이 구질구질하다면 얼른 한 해를 보내고 새로운 한 해를 선물로 받고 싶기도 할 것이다.

한 해를 보내고 새해를 맞는 것을 옛날 어른들은 즐겨 송구영신(送舊迎新)이란 말로 표현했다. 옛것을 보내고 새것을 맞는다는 뜻이다.

나도 가끔 이렇게 세밑 어름에서는 주변의 젊은이들로부터 새해의 계획이나 설계에 대해서 질문을 받는다. 그럴 때마다 난감한 느낌을 가지며 마땅한 답을 찾으려 하지만 잘 떠오르지 않는 것이 또 그 대답이다. 그래서 나는 '지금처럼'이란 말로 얼버무리곤 한다.

생각해 보면 '지금'이란 말처럼 소중한 말도 없지 싶다. 우리들이 알고 있는 시간이란 것은 하나의 허깨비에 지나지 않는 것이다. 과거는 흘러간 지금이요, 미래는 오지 않은 지금이다. 오직 있다면 현재인 지금이 있을 뿐이다. 그걸 인간의 지모(智謀)와 편의에 의해 시간이란 것으로 만들어 사용하고 있는 것이다. 생각해 보면 과거를 자랑하거나 아쉬워하는 일처럼 어리석은 일이 없고, 오지 않은 미래에 대해 과도한 희망을 거는 것처럼 허황된 일은 없다.

그러면 어떻게 살 것인가? 대답은 매우 쉽고도 분명하다. 현재에 충실하게 살기만 하면 된다. 지금껏 내가 알고 있는 말 가운데 부처님이 돌아가실 때 하셨다는 "만물은 변한다."라는 말처럼 훌륭한 말씀도 없지 싶다. 오직 '만물은 변한다는 것만이 변하지 않는 진리'란 생각이다. 우리가 슬프다, 외롭다 말하는 것도 이 변한다는 것을 제대로 인정하지 않아서 생긴 감정의 찌꺼기들이다.

그다음으로 우리가 주목해야 할 것은 '여기'에 대한 것이다. 늘 우리는 여기에 만족하지 않고 '거기'나 '저기'에 눈과 귀를 돌리며 살고 있다. 그러기에 우리는 그립다 하고 아쉽다 하는 것이다. 먼 것을 꿈꾸고 때로는 떠남을 감행하기도 하는 것이다. 그러므로 우리는 또

'저기'나 '거기'가 아닌 오직 '여기'에 눈을 돌리고 발밑을 살피며 살아야 한다. 생각해 보면 그런 것들이 모두가 철없을 때의 부질없는 망상과 허욕에서 생기는 것들이다.

다시 한 번 대답은 간단명료해진다. 우리는 마땅히 지금, 여기에 충실하게 살아야 한다. 인간은 유한한 생명을 사는 존재이므로 시간과 공간의 제약을 벗어나서는 결코 살 수가 없다. 완전히 자유스런 독립 개체가 아니란 말씀이다. 지금이라는 시간성과 여기라는 공간성 안에서만 생존을 보장받을 수 있는 우리들. 무엇보다도 또 중요한 것은 일상의 소중성을 발견하는 일이다.

흔히들 우리의 삶을 그날이 그날이고 지루하고 권태로운 삶이라고, 구태의연한 하루하루라고 타박하기 쉽다. 그러나 그것은 절대 오해다. 한 꺼풀 벗지 못해서 그렇다. 세상의 모든 것들은 그 무엇도 똑같은 것이 없다. 반복되는 것들도 없다. 유일한 것이고 순간적인 것이고 일회적인 것이고 변화하는 것들이다. 말하자면 새로운 것이란 말이다. 아침에 돋는 해라고 해도 똑같은 해는 아니다. 오로지 하나밖에 없는 해인 것이다. 가족이나 직장 동료라 해도 오늘 새롭게 태어난 새로운 가족이나 직장 동료란 말이다.

그렇다면 소중하지 않을 수 없는 일이다. 이 일상의 아름다움과 소중함에 눈을 떠야 한다. 이것은 하나의 깨달음과 같고 발견에 준하는 일이다. 이러한 일상의 소중성만 알게 된다면 모든 것이 확 달라질 것이다. 소망하는 행복이란 것도 쉽게 그 실체가 확인될 것이다. 동화책에 나오는 대로 행복은 멀리에 있는 것이 아니라 가까이 나와 함께 상존하는 그 무엇이란 얘기다.

오늘날 우리는 스스로 가난하고 외롭고 소외되었다 말하지만 그 가난과 외로움과 소외란 것도 자기 스스로 만들어 낸 허상이요 하나의 자기 최면에 불과한 것이란 것을 알게 될 것이다. 진정 외로운 사람, 진정 불행한 사람은 자신이 외롭다는 것, 불행하다는 것조차 모르는 사람들이다. 한 해를 보내고 새해를 맞으며 마땅히 우리는 '이것밖에 안 남았느냐?'고 투정할 일이 아니요, '아직도 이렇게 많이 남았느냐!'고 감사하고 대견하게 생각해야 할 일이다.

이미 우리는 1년 치, 삼백예순다섯 개의 해님과 달님과 수없이 많은 꽃과 나비와 산들바람과 소낙비와 구름과 새소리를 공짜로 선물받기로 예약된 행복한 사람들이다.

(2011)

아버지를 용서해 드리자

예로부터 아버지와 아들은 친한 사이가 아니다. 그러기에 유학의 삼강오륜(三綱五倫)에서도 부자유친(父子有親)이란 항목을 두었지 싶다. 성적으로 동성인 아버지와 아들은 자칫 맞수가 될 수 있고 갈등의 당사자가 될 수도 있는 성향이 있다. 남자의 특성 가운데는 군주의식 같은 것이 있어서 더욱 그렇지 않나 싶다. 도덕이나 윤리를 앞세워 그럴 리가 없는 일이라고 항변하겠지만 내 살아오면서 보건대 정말로 아버지와 아들이 친한 집안을 본 일이 별로 없다.

어쩌면 그것은 본능적으로 그런 게 아닌가 싶다. 어디까지나 호감의 관계는 아버지와 딸이고 어머니와 아들의 관계다. 이것도 성적으로 이성이기에 그런 게 아닌가 싶다. 몇 해 전 나는 오랜 병원 생활 중에 여러 차례 보았다. 아버지가 간암에 걸려 가족으로부터 건강한 간을 이식받아야 할 경우 가족 중 누가 장기를 기증하는가. 어김없이 그럴 때 아들이 아니라 딸이었다. 한 번도 아니고 여러 차례 그런 경우를 만나다 보니 신기하기까지 한 느낌이었다. 그만큼 딸의 마음속에는 아버지를 위하는 마음이 많고 또 딸의 마음속에는 여성성뿐만 아니라 모성까지 함께 있어서 그렇다는 것을 짐작할 수 있는 일이었다.

나도 사실은 아버지와 친한 사람이 아니다. 뭔가 서먹하고 거리가 있다. 더구나 초등학교 시절 외갓집에서 자란 까닭으로 아버지는 늘 낯설고 대하기가 편안하지 않은 어른이었다. 그 시절 대개의 아버지가 그러했듯 나의 아버지도 살갑거나 친절한 아버지와는 거리가 먼 분이었다. 매우 독단적이고 폭력적이기까지 한 아버지였다. 형제들처럼 나도 여러 차례 아버지한테 매를 맞은 일이 있었고 호되게 야단맞은 일은 부지기수다. 될 수 있으면 아버지와 피하는 것이 상수라 여기며 살았고 세상의 모든 아버지들은 그러려니 싶었다.

나이가 들면서도 나는 아버지와 마음의 거리가 있고 내심 아버지를 미워하는 사람으로 살았다. 내내 아버지가 무서웠고 싫었다. 그렇게 청년기를 거쳐 중년기에 접어들었다. 여전히 아버지 앞에서 나는 주눅이 들었고 작은 사람이 되곤 했다. 그러다가 50대 중반 초등학교 교직에 있으면서 초등학교 교장 자격 연수를 받게 되었다. 교직의 꽃이라는 교장이 되는 첫걸음이었다. 충북 교원대학교에서 교장 연수를 마치고 마지막 시험을 치른 날 밤, 나는 고향의 아버지에게 전화를 걸었다. 아버지는 사랑방에 계시다가 어머니가 바꾸어 주는 전화를 받으셨다.

“아버지, 저 오늘 교장 연수 다 받고 마지막 시험도 보았습니다. 이제 제가 교장이 되었습니다."

"아, 그러냐. 우리 아들 장하다. 내가 하지 못한 일을 네가 해 주어서 고맙구나."

전화기를 통해서 들리는 아버지의 음성은 뜨거웠다. 그랬다. 아버지는 젊은 시절 초등학교 교사가 되고 싶으셨다. 그러나 소원을 이루지 못하신 아버지는 나에게 초등학교 교사가 되기를 요구하셨고 나는 교사가 되었으며 끝내 초등학교 교장이 되었다. 모두가 그토록 싫어했던 아버지 덕분이었다. 나는 그제야 아버지한테 완전히 이겼다는 생각이 들었다. 아, 내가 아버지에게 이겼다. 비로소 나는 마음속으로부터 아버지를 미워하고 멀리하고 싫어했던 마음을 멀리 내보낼 수 있었다.

교원대학교 기숙사 뒤뜰 풀밭에 큰 대자로 누워 하늘을 보고 있었다. 밤하늘의 별빛이 유난히 반짝이고 있었다. 그것은 충청북도 청원군 강내면의 별빛이었다. 생각해 보면 우리 아버지처럼 입지전적인 인물이 없고 성공한 분이 없고 자식 농사 잘 지은 분도 드물다. 일곱 마지기 소작농으로 출발하여 여섯이나 되는 자식 낳아 모두 잘 길러 가르쳐 성가시킨 분이다. 나는 겨우 두 아이 낳아 기르면서도 아직껏 어렵네 힘겹네 그러는데 아버지의 고충은 오죽했을까? 한번도 아버지 입장에서 세상을 바라보고 생각해 본 적이 없다.

이제 나도 70의 나이. 아버지는 어머니와 함께 서천의 고향 집에 살고 계신다. 세상일 바쁘다는 핑계로 자주 찾아뵙지 못하지만 이번

추석에는 또 고향 집에 들러 아버지를 뵈올 것이다. 그렇지만 마음은 편치가 않다. 90을 바라보시는 아버지가 어머니와 함께 건강이 시원치 못하기 때문이다. 병원이 있고 약이 있지만 그런 것으로도 대신할 수 없는 것이 세월의 무게다. 기가 세고 당당하고 무섭던 아버지가 이제는 매우 순하고 소심한 아버지가 되셨다. 병약해서 그런 것이다. 이런 아버지를 보는 것은 민망한 일이다. 부모님이 좀 더 건강하게 세상에 머물다 가셨으면 하는 것은 모든 자식된 사람들의 소망일 것이다.

인간이 진정으로 용서하는 것은 어려운 일이다. 그 가운데서도 어려운 것은 가까운 사람을 용서하는 일이고 더 어려운 것은 자신을 용서하는 일이다. 우선 나는 나 자신을 용서하고 싶고 가족들을 용서하고 싶고 또 아버지를 용서해 드리고 싶다. 그리하여 아버지와 내가 좀 더 자유롭게 인간적으로 만나고 싶다. 더 나아가 나에게도 아들이 있으니 그 아들한테서도 용서를 받고 싶다. 세상의 아들들이여. 아버지를 용서해 드리자. 아버지를 마음속 감옥으로부터 해방시켜 드리자. 그러기 전에 자기 자신을 용서해 주자. 올해도 가을은 오고 투명한 하늘은 열리고 맑은 바람은 찾아왔다. 이 투명한 가을 하늘 아래 맑은 바람 속에서 잠시 눈을 감고 생각해 본다.

(2013)

대한민국 기관사 김충식

올해도 제자들 모임에 다녀왔다. 1965년도, 스무 살 나이, 저 경기도 연천군 군남초등학교 6학년 교실에서 만났던 제자들. 제자들도 어렸지만 나도 어렸었다. 실수가 많았고 억지가 많았다. 오기로 점철된 날들. 생각해 보면 몸에 소름이 오싹 끼칠 정도로 부끄러운 일들이 많았던 시절이다.

중학교 입학시험이 중요하던 때라서 오직 성적 올리기와 입시 교육에 모든 관심이 집중되어 있었다. 그것은 어린 선생에게도 마찬가지였다. 하나의 사명과도 같았다. 그야말로 올인하는 날들이었다. 그러다 보니 인성 교육이나 생활 교육이 무시되고 오늘날 말하는 학생들의 인권은 따질 겨를이 없었다.

시절도 궁색했지만 학교가 있는 고장이 휴전선과 가까웠기에 학부형들의 살림은 더욱 힘들었고 아이들 또한 정서적으로 안정되지 못한 편이었다. 60명이 넘는 아이들. 아이들은 집에 가서 어른들의 일을 도와야 했기 때문에 숙제나 예습 같은 걸 잘 해 오지 않았다. 그런 아이들을 가르쳐 어떻게든 중학교 시험에 합격시켜야 하는 거였다.

다행히 다음 해 치른 입학시험에서 한두 명만 떨어지고 거의 모든 아이들이 합격하는 결과가 나왔다. 경사였다. 학부형도 환호하고 아이들도 좋아했다. 그동안 교실에서 무리하게 아이들을 다루고 벌을 주고 한 일들이 오직 그 일로써 무마될 수 있었다.

그때의 그 제자들이 1년에 한 차례씩 불러 주어서 만나는 자리다. 그것도 벌써 20년 가까운 세월이다. 해마다는 아니고 가끔씩 참석했다. 교직에서 정년퇴직을 하고 많이 앓고 나서는 아마도 올해가 처음이지 싶다. 모임 장소는 그들의 생활 근거지에 가까운 의정부시.

서울서부터 자동차가 내려와 우리 내외를 데리고 가기로 되어 있었다. 그런데 토요일 교통 체증에 막혀 예정된 시각인 6시에 대지 못하고 8시도 한참 넘어서 현장에 도착했다. 제법 많은 사람들이 와 있었다. 그러나 그들은 이미 얼근하게 술에 취해 있었다. 이제는 그들도 60이 가까운 사람들. 한두 차례 만난 사람들은 안 그렇지만 맨 처음 나온 친구들은 도무지 얼굴을 알 수가 없었다.

그래도 반가웠다. 한 사람 한 사람 손을 잡고 이름과 얼굴을 확인했다. 그런데 그 가운데 전혀 짐작이 가지 않는 인물이 있었다. 얼굴이며 몸매가 갸름하고 까무잡잡한 친구. 그는 실룩거리는 얼굴로 내게 다가와 자기가 누군지 아느냐고 다짜고짜 물었다. 그도 많이 취해 있었다.

"선생님, 제가 그 '바담 풍'의 김충식입니다. 선생님한테 많이 혼났

거든요. '바람 풍'이라는 말을 '바담 풍'이라고 잘못 발음해서요."

"그래, 그러고 보니 조금씩 기억이 나네. 그런 일도 있었지."

"그뿐이 아닙니다. 제가 애들이랑 담배를 피웠다고 해서 선생님한테 몽둥이찜질을 당했던 놈입니다."

"그런가? 그렇다면 미안하게 됐네. 그런데 초등학생 때 담배 피운 건 잘못하긴 했군 그래."

웃으며 이야기를 주고받기는 했지만 나는 매우 불편한 마음이 들었다. 교직 생활을 돌아보면 부끄러운 일들이 산같이 많아 차라리 눈을 감고 싶은 내가 아니던가.

"그런데, 그런데 말입니다. 제가 선생님 가르침을 받아 초등학교만 나오고서도 대한민국 기관사가 되어 정년이 될 때까지 근무를 하고 이제는 연금을 타는 사람이 되었습니다. 모두가 선생님 덕분입니다."

"그래? 자네가 기관사를 했단 말인가? 그 큰 기차를 직접 운전했단 말인가?"

"그럼요. 제가 이 손으로 기차를 운전했습니다. 기관사가 되어 기차를 운전하면서 외롭고 슬픈 생각이 들 때면 선생님 생각을 많이 했습니다."

왜 그라고 외롭고 슬픈 때가 없었겠는가. 그런데 그 외롭고 슬픈 시간에 다른 사람도 아닌 내 생각을 했단 말인가? 나는 천천히 감동하고 있었다. 저만큼 기관사 모자를 쓴 키가 크고 몸집이 호리호리하고 얼굴이 까무스름한 김충식 기관사가 보이는 듯했다. 나 또한 그가 운전하는 기차를 타고 철커덕철커덕 신나게 달리는 듯싶었다.

"선생님이 그러셨어요. 지금은 우리가 사는 동네에 자동차가 많이 다니지 않아도 너희들이 커서 어른이 될 때는 자동차 공동묘지가 생길 거라고요. 그때 저는 속으로 코웃음을 치고 믿지 않았었지요. 그런데 선생님 말씀이 맞았습니다."

충식이는 또박또박 정확한 발음으로 젊은 시절 나의 한 모습을 증언하고 있었다.

"제가요 선생님, 동창회에도 45년 만에 처음 나왔습니다. 기관사 생활을 하는 것도 그렇지만 동창들과 연락을 끊고 살았습니다."

그러면서 충식이는 커다란 종이 봉지 하나를 들고 나왔다.

"선생님. 이것은 저의 집사람이 마련해 준 겁니다. 선생님 만나러 간다니까 사 주더라고요. 화장품인데 좋은 건 아니지만 제 생각하면서 써 주셨으면 감사하겠습니다."

이야기를 마친 충식이는 덥석 내 앞에 엎어져 큰절을 하는 것이었다.

"아이쿠 이 사람아, 왜 이러는가!"

황급히 허리를 구부려 마주 절을 하면서 나는 송구스런 마음이 들었다. 이런 모습을 보고 다른 제자들이 박수를 해 주었다.

"선생님, 제가요 선생님이 저희들 졸업할 때 만들어 주신 시집을 몇 년 전까지만 해도 가지고 있었습니다. 그런데 집에 불이 나는 바람에 잃어버리고 말았습니다. 오늘 그 시집을 가지고 나왔으면 얼마나 좋았을까요?”

아, 정말로 그런 일도 있었구나. 그때도 나는 시를 쓰는 사람으로서 제자들에게 기념품 삼아 시집 한 권을 만들어 나누어 준 일이 있었다. 그것은 등사기로 인쇄한 책. 아마도 멋을 내기 위해 청색 잉크를 사용하여 프린트한 책이었을 것이다. 물론 내가 직접 인쇄해서 만든 책이다.

세상에 이토록 순정적인 사람이 있단 말인가! 이토록 어린 시절의 일을 고스란히 기억하면서 한평생 살아온 사람이 있단 말인가! 나는 거꾸로 김충식이라는 사람이 존경스럽고 감격스러운 생각이 들었다. 대한민국 기관사 김충식. 저만큼 커다란 기차를 몰고 달려오는 그를 향해 나는 거수경례를 붙여 인사를 해 주고 싶어졌다.

(2011)

길과 함께라면 인생도 여행이다

길은 인류의 출현과 더불어 있어 왔다. 인간이 있는 곳이면 어디든 길이 있게 마련. 그가 있는 곳이 누항(陋巷)이라면 골목길과 한길이 있을 것이요, 산이라면 오솔길이 있을 것이요, 바다라면 뱃길, 하늘이라면 비행길이 있을 것이다. 길이야말로 자유의 표현이요 소통의 가장 좋은 방편이다.

만약 우리에게 길이 없었다면 얼마나 답답했을까. 절망했을까. 길이 없는 세상은 하나의 감옥이다. 우리는 얼마나 많은 여러 종류의 길을 기억하며 사는가. 외갓집 가는 길, 세뱃길, 성묫길, 등하굣길은 비교적 어린 시절의 길이요, 친정길, 출근길, 귀갓길, 시장길은 나이 들어서의 길이요, 병원길, 황혼길, 양로원 가는 길은 늙어서의 길이다.

길 자체가 인생이다. 길 자체가 삶이요 그 흔적이다. 아니, 삶과 인생이 쌓이면 저절로 길이 되게 되어 있다. 인간의 삶은 길로부터 시작하여 길로 끝나게 되어 있다. 그야말로 길 위에서의 인생이라 할 것이다.

생각해 보면 길보다 더 좋은 스승은 없고 좋은 도반(道伴)도 없지 싶다. 스승이라 해도 가르쳐 주지 않는 스승이고 도반이라 해도 말이 없는 도반이다. 그저 스스로 알아서 배우라 방임하고 묵언으로 동행해 줄 뿐. 그러면서 우리가 넘어졌을 때 숨이 가쁠 때 위로의 손을 내밀고 이름을 불러 주고 어깨에 정다운 손을 얹어 주는 이웃이 되고자 한다. 우리는 길을 걸으며 배웠고 길을 걸으며 사랑했고 길을 걸으며 생각했고 길을 걸으며 많은 것들을 버려야만 했다. 가장 좋은 대화가 이루어지는 것도 길 위에서다.

산책길. 특별한 목적 없이 천천히 걷는 길을 말한다. 소요(逍遙)가 있고 망설임과 머뭇거림이 있는 길을 말한다. 자연스럽게 좋은 사람, 정다운 사람과 함께일 수밖에는 없다. 거기서 오가는 대화 또한 그렇다. 일정한 주제가 있을 필요가 없고 형식 또한 따질 필요가 없겠다. 저기 말이지, 그거 말이야, 내가 말이야로 천천히 시작해서 오락가락하다가 끝나도 좋은 대화가 거기에는 있다. 구름에게 들려주고 바람에게 흘려보내 주어도 좋은 이야기가 거기에는 있다.

지난여름 한철 나는 아내와 함께 얼마나 많은 길을 걸었던가. 얼마나 많은 길을 걸으며 봉숭아꽃이며 분꽃을 보고 싸리나무 밑둥을 살피며 싸리 열매 주머니가 커지는 것을 훔쳐보았던가. 또 얼마나 많은 실없는 이야기들을 나누며 낄낄거렸던가.

길이라 해서 대단한 길이 아니다. 그냥 마을 안길이요 골목길이요 조금 욕심 부린다면 수원지 공원길이다. 예전 상수원지로 쓰던 저수지를 시청에서 공원으로 새롭게 가꾸어 주어 그 주변의 길을 걷는 것이 지극히 안락하고 좋았다. 그 길에서면 늘 만나는 이웃 사람들마저 새롭고 반가웠고 그저 그런 아이나 새댁도 예쁘게만 보였다.

실상 길을 걷는다는 것, 길을 걸을 수 있다는 것이 하나의 축복이요 인류만이 가진 특권이다. 살아 있는 자의 행운이다. 오늘도 병상에 누워 있는 사람에게 물어보라. 당신의 소원이 무엇인가. 그는 더도 말고 환의를 벗고 평상복을 입고 구두를 신고 마음껏 거리를 걷고 싶은 것이 소원이라고 말할 것이다. 그 거리가 오래 살아서 정든 거리, 낯익은 거리라면 더욱 좋을 것이다.

활보. 역시 내 마음껏 걷는 걸음을 말한다. 숨을 크게 들이쉬며 내쉬며 보폭을 크게 하여 걸으면 세상이 더욱 넓어지고 마음조차 너그러워질 것이다. 행여 사는 일이 찌뿌둥한 사람이 있다면 부디 이 활보란 것을 한번 해 보시기 바란다. 그 장소가 어디라면 어떤가. 마을의 공터라도 좋고 실내 공간의 한 편이라도 좋을 것이다. 우리가 걸을 때 그곳은 즐겨 길이 되어 줄 것이다.

나는 가끔 특별한 일이 생기면 내 방식대로 길을 떠난다. 마음에 상처를 입거나 심한 갈등이 있거나 결단을 내릴 때의 일이다. 수세미같이 구겨진 생각들을 정리하기 위해서다. 이런 때 나는 부서진 마음을 고치러 간다고 말을 한다. 아닌 게 아니라 서너 시간 땀이라도 흘리며 산길을 걷다가 돌아오면 구겨진 생각이 가지런해지고 부서진 마음이 제자리로 돌아간 듯한 느낌을 받는다.

아들아이는 아직 젊어서 길이라면 어디까지나 한 번도 가 보지 않은 길, 새로운 길만을 길이라고 고집하고 싶어 한다. 그러나 나는 그렇게 생각지 않는다. 여러 차례 가 본 길도 충분히 새롭고 좋은 길이라고 생각한다. 그러니까 발견보다는 정겨움에 길의 의미가 있다고 믿는 것이다.

길에는 만남이 있다. 그것도 생명을 가진 자들끼리의 만남이다. 그러므로 당연히 호흡이 있고 리듬이 있다. 길은 노래와 같다. 시와 같다. 여러 번 읽어도 좋은 시, 여러 번 불러도 즐거움을 주는 노래 말이다.

길은 미지(未知)다. 그리움이다. 우리 앞에 무한히 멀리 이어져 열린 길이 있다는 것보다 더 희망찬 일은 없다. 길이야말로 아직도 끝나지 않은 사랑이며 열정이다. 다시 한 번 인생 그 자체다. 길과 함께하는 한 우리의 인생은 결코 고행이 아니고 여행임을 알 것이다.

(2011)

청양 누이

오늘 또 청양에 다녀왔다. 둘째 누이가 시집가서 살고 있는 청양. 나도 한때 교직 생활 중 교감으로 첫 발령받아 근무한 적이 있는 청양. 그래서 그 어떤 고장보다 정답게 느껴지는 고장이다. 몇 년을 두고 벼르면서 가지 못하다가 지난주 일요일에 서둘러 다녀오고 이번이 거푸 두 번째다.

봄부터 누이가 앓고 있다는 말을 들었다. 지금까지 한 번도 크게 아프다는 말을 들어 본 적이 없는 건강한 누이인데 앓는다는 소식을 듣고 적이 놀라는 마음이었다. 대상포진이라고 했다. 대상포진. 그거 나도 앓아 봐서 아는데 굉장히 아픈 병이다. 약을 먹는다 해도 석 달 정도는 꼬박 고통을 견뎌 줘야 하는 병이다.

공교롭게도 올해가 누이의 회갑 나이이다. 사람이 이렇게 회갑 나이쯤 되면 안 아픈 사람도 아프도록 되어 있다. 그런 걸 옛날 어른들은 사람이 늙느라 그런다고 말씀하시곤 했는데, 생각해 보면 사람이 사는 이치가 예나 이제나 다르지 않고 참 오묘하다는 느낌이 없지 않다. 그래서 지난번에 아내와 함께 누이 내외에게 점심이라도 한 끼니 대접하자고 해서 갔던 길이다.

살아오면서 누이 내외에게 신세진 일이 많다. 오고 가며 밥 한 끼를 먹어도 언제나 누이가 밥을 장만했고 때마다 반찬거리며 고기를 사서 보냈으며, 칠갑산 고사리며 시래기, 또 된장이며 고추장 같은 장류도 수월찮게 보내 준 누이다. 교편생활로 꼬질꼬질하게 살아가는 우리 집보다 그쪽 형편이 넉넉한 편이었고 누이가 남에게 베푸는 걸 좋아한 탓으로서다.

모처럼 음식점에서 여유롭게 점심 식사를 마치고 돌아오는 길. 다시 누이 집에 들렀을 때 누이가 자기가 집에 가지고 있는 필로 된 삼베 자랑을 했다. 시고모님인가 이모님인가가 손수 실을 잣아 짜기까지 한 삼베라 그러는데 그건 첫눈에도 보통 물건이 아니었다. 올이 굵고 튼실해 보였다. 그런 삼베가 세 필이나 된다고 했다. 그걸로 누이는 자기 바깥 여름옷을 새로 한 벌 지어 줄까 그런다 했다.

그렇잖아도 그동안 매제 되는 사람이 삼베로 된 여름옷을 입고 다니는 걸 좋게 보아 왔던 우리다. 이야기를 듣고 있던 아내의 표정이 확 달라졌다. 내심 나도 옷을 한 벌 얻어 입었으면 좋겠다 싶은 욕심이 없지 않았지만 누이 내외 앞에서 내색을 할 수는 없는 처지였다.

"아가씨, 오빠도 이런 옷 좋아하는데 오빠한테도 한 벌 해 주면 안 될까요?"

"그거 좋지요."

아내의 청에 누이가 선선히 응해서 여름옷을 한 벌 짓기로 했던 것이다.

그런데 옷을 지을 양복점이 문제였다. 요즘은 온통 기성복 추세라서 그 많던 양복점이 사라졌는데 청양에 과연 양복점이 있겠느냐는 것이었다. 그래 일단은 그만큼에서 이야기를 멈추고 누이가 청양에서 양복점을 찾아보기로 하고 헤어졌다. 그런데 그 양복점을 청양에서 찾았노라, 어제 누이한테서 연락이 왔던 것이다.

누이 내외는 집에서 기다리고 있었고, 반갑게 만나 차 한잔을 나눈 다음 서둘러 양복점으로 향했다. '서울양복점'이라 했다. 청양 시내 중심가에 있었다. 아, 옛날식으로 옷을 짓는 양복점이 아직도 남아 있다니! 반가웠다. 주인은 내 또래쯤 되는 통통한 몸집에 사람 좋아 보이는 얼굴의 남자였다. 줄자로 몸의 치수를 재고 옷의 스타일을 결정하고 들고 온 삼베 뭉치에서 필요한 만큼의 옷감을 끊고… 오래된 허름한 양복점을 나서는 마음이 여간 정겹고 훈훈하지 않았다.

돌아오는 우리를 위하여 누이는 또 집에서 기른 고추를 따서 봉지를 만들고 칠갑산 고사리를 몇 덩어리 챙겨 찔러 넣어 주었다. 또다시 이렇게 누이한테 과분한 신세를 지고 말았구나. 옷이 다 지어지면 누이가 그 옷을 가지고 공주로 온다고 했다. 그러면 그때 누이 내외를 맞아 맛있는 점심을 대접해야지.

되짚어 공주로 돌아오는 길. 장마 끝에 검은 구름이 높은 층수로 하늘 가득 걸려 있었다. 청양은 산 높고 물 맑은 고장. 군데군데 크고 작은 저수지가 있는 고장. 장맛비로 저수지 물이 철렁 고여 있었다. 가슴 가득 물을 안고 있는 산골의 저수지가 마치도 마음씨 너그러운 누이처럼 보였다. 누이야. 부디 아프지 말거라. 더욱 오래 어여쁜 모습으로 거기 있어 다오.

(2011)

아내의 꽃밭

우리 집은 아파트다. 공주 시내에서도 구석진 곳 금학동에 위치한, 지은 지 20년도 넘은 낡은 아파트. 이 집에서 우리 집 아이들은 자라서 대학교에 들어갔고 결혼을 하기도 했다. 나는 또 교장이 되기도 하고 정년 퇴임이란 걸 하기도 했으며 죽을병에 걸렸다가 다시 살아서 돌아오기도 했다.

다른 사람들은 새로 지은 아파트로 이사들을 가기도 하지만 우리는 전혀 그럴 생각이 없다. 우리 평생 이 집에서 살다가 죽으려고 그런다. 말하자면 우리로서는 마지막 보루인 셈이다. 32평의 공간. 두 사람이 사용하기로는 충분한 공간이다. 다른 사람들 집처럼 잡다한 생활 도구들이 들어차 있는 곳이 우리 집이다.

방이 세 개에다가 거실과 부엌이 있고 베란다와 다용도실이 있다. 안방은 아내의 침실이고 딸아이가 쓰던 작은 방은 나의 집필실이고 아들아이가 쓰던 문간방은 옷가지를 두는 드레스룸이다. 그런데 그 세 개의 방 벽에는 모두 책장이 꽉꽉 들어차 있어서 약간은 옹색하다는 느낌이 없지 않다.

책의 임자가 나이므로 아파트의 공간을 내가 조금씩 점유하고 있는 셈이다. 아내의 동의하에 이루어진 일이지만 약간은 아내한테 미안스런 마음이기도 하다. 집 가운데서도 아내가 사용하는 공간은 부엌과 거실이다. 그런데 거실 한쪽 벽에도 책장이 차지하고 있으니 거실 또한 완전한 아내의 공간이라 하기는 어려운 실정이다.

이러한 우리 집 공간에서 오로지 아내가 사용하고 지배하는 공간은 베란다. 아내는 이 베란다에 여러 개의 화분을 들여놓고 화초를 기르고 있다. 30개도 넘는 크고 작은 화분들. 더러는 이러저러한 명목으로 우리 집에 들어온 화분들이고, 많이는 아내가 이집 저집에서 얻어 온 어리고 작은 화초들을 심어서 키운 화분들이다.

아내는 화원에서 꽃을 사 오는 것을 좋아하지 않는 사람이다. 그럴 돈이 어디 있느냐는 것이 아내의 말이고, 또 화초란 기르는 맛이지 보는 맛이 아니라는 것이 아내의 지론이다. 애당초 우리 집에서 화분에 화초를 심어서 기르는 취미를 가졌던 사람은 아내가 아니고 나였다. 이 아파트로 이사 오기 전 단독주택에서 살 때만 해도 그랬다. 그런데 아파트로 이사 오고 나서 그것이 뒤바뀌고 만 것이다.

주인과 손님이 임무 교대를 한 것이다. 이제는 아내가 화초를 기르는 사람이고 나는 아내가 기른 화초를 바라보는 사람이 되었다. 아내가 화초를 기르는 것을 보면 여간 정성을 기울이는 게 아니다.

우선 빈 화분을 마련하고 거기에 거름흙을 채우고 조그만 화초를 심는다. 그리고는 아침저녁 물을 주고 보살피며 기른다. 대개는 여러해살이 식물들이다. 이름을 아는 화초도 있지만 이름을 모르는 화초가 많다. 난초, 베고니아, 덴드롱, 선인장, 알로에, 사랑초, 기린초, 새우란, 고무나무, 산세비에리아 등이 대강 내가 아는 식물의 이름들일 것이다.

어쩌면 아내는 어린 자식을 키우는 심정으로 화초를 기르고 있는지 모르겠다. 세상에서 가장 고귀하고 성스러운 마음은 자식을 기르는 모친의 마음이다. 그 마음속에 세상의 모든 평화가 있고 사랑과 근심이 있고 어짊이 있다. 따스함이 있고 보살핌이 있다. 이 마음이 왈칵 무너지는 세상을 무너지지 않게 받들고 있다. 이 얼마나 아름답고 고맙고 위대하기까지 한 마음인가.

"여보, 여보, 이리 와 이 꽃을 좀 보세요. 오늘 아침 새로 핀 꽃이에요."

과묵한 아내가 모처럼 어린아이처럼 호들갑을 떨면서 나를 부를 때 아파트의 우중충한 공기는 화들짝 깨어나고 신선한 물결로 출렁, 흔들린다. 가난하고 불편하고 낡은 우리 집. 그 가운데서도 가장 아름답고 깨끗하고 평화로운 공간. 아내의 꽃밭에 부디 신의 가호와 보살핌이 있으라!

(2011)

마늘고동

아침 밥상에 색다른 반찬이 한 가지 올라와 있다. 마늘고동 나물이다. 이것은 내가 좋아하는 몇 가지 안 되는 반찬 가운데 하나인데 마늘고동을 적당한 길이로 썰어 후라이팬에 기름을 치고 볶아서 만드는 음식이다. 포로소롬하게 익은 색깔도 색깔이려니와 씹으면 부드러우면서 짤깃짤깃 씹히는 섬유질 맛이 여간 맛이 있는 것이 아니다. 특히 금방 요리를 해서 먹을 때 일품이다.

마늘고동이란 우리 동네에서 쓰는 사투리 말이고 사전에 나오는 말로는 마늘종이다. 된소리로 발음해 마늘쫑이라 부르기도 한다. 마늘고동이란 마늘의 꽃대궁을 가리킨다. 마늘이 자라서 밑둥이 들 무렵이면 이파리들 사이로 굵고도 둥근 꽃대궁이 나온다. 어느 날 갑자기 불쑥 그것은 소문도 없이 나오도록 되어 있다. 만약 이 마늘고동을 때맞춰 뽑아 주지 않으면 마늘의 밑둥에 지장을 준다. 영양분이 마늘고동 쪽으로 몰려 마늘의 밑둥이 부실해지는 것이다. 그래서 마늘 농사를 짓는 사람들은 적당한 시기에 이 마늘고동을 뽑아 주는 일을 해야만 한다.

마늘고동은 꽃이 피지 않고 열매를 맺는 일종의 무화과와 같은 것이다. 마늘고동을 다 자랄 때까지 뽑아 주지 않고 놔두면 마늘고동의 끝에 조그만 마늘이 열매처럼 맺혀서 익는다. 그것도 일종의 마늘이다. 조그만 콩알 크기만큼의 그것을 다시 심으면 외통쟁이 마늘로 자란다. 우리 시골에서는 그런 마늘을 공상마늘이라고 부르는데 대개 풋마늘 때 뽑아서 반찬으로 먹도록 되어 있다.

우리 문화원에서 같이 일하는 아가씨, 영이가 마늘고동을 가져온 것은 어제 아침의 일이다. 비가 와서 자전거를 탈 수 없는 날은 가끔 영이가 자기 자동차를 몰고 나를 태우러 우리 집까지 오는데, 어제 아침엔 자기 집 밭에서 엄마가 뽑은 거라며 마늘고동을 비닐봉지에 담아 가지고 왔던 것이다. 내가 마늘고동 나물을 좋아하는 줄 어떻게 알았을까?

자동차를 타고 문화원까지 가면서 영이한테서 들은 이야기는 내 마음을 많이 짠하게 하는 이야기였다. 이 마늘고동은 지난해 가을 영이 아버지가 영이 어머니와 함께 심은 마늘에서 얻은 마늘고동이라고 한다. 마늘을 심는 날 너무나 추워 영이 남매가 숯불 화로를 만들어 부모에게 내다 드렸다 한다. 두 분은 마늘을 심으면서 손발이 시릴 때마다 일손을 멈추고 화롯불 곁으로 와서 추위를 녹이곤 했다고 한다.

그런데 그만 그 영이 아버지가 올봄에 세상을 뜨고 만 것이다. 고

혈압 증상이 있을 뿐 건강에 별다른 이상이 없었는데 아침 일찍 들일하러 갔다가 쓰러져 병원으로 옮겼으나 끝내 소생하지 못하고 저세상 사람이 되고 만 것이다. 아직은 충분히 더 살아야 할 연배. 회갑도 되지 못한 나이였다. 아버지가 의식불명으로 병원에 있는 동안 영이는 너무나 황당해했다.

끝내 아버지가 소생을 하지 못하고 세상을 떠났을 때, 검정 치마저고리를 입고 하염없이 눈물만 닦고 있는 어린 딸 영이의 모습은 바라보기조차 안쓰러웠다. 조그만 몸집이 더욱 작아져 애처롭기가 마치 집을 잃고 외따로 울고 있는 조그만 산새 같았다. 저를 어쩌나? 멍하니 바라볼 뿐, 다가가 어깨라도 쓸어 주고 안아 주고라도 싶지만 다 큰 처녀를 함부로 그럴 수 없어 더욱 마음만 조리던 기억이 새롭다.

그렇게 영이 아버지가 돌아가고 난 뒤에도 시간은 쉬지 않고 흘러, 지난해 가을 영이 아버지가 영이 어머니와 함께 심은 마늘은 마늘고동이 올라올 만큼 자랐다 한다. 그래서 영이 어머니가 혼자서 마늘고동을 뽑았다는 것이다. 남편과 함께 심은 마늘 밭에서 혼자서 일하는 영이 어머니의 심정은 어떠했을까? 마늘고동을 뽑아 가지고 돌아온 영이 어머니는 마늘 농사마저 마치면 남편과 함께한 모든 일들이 끝난다고 말했다고 한다.

마늘고동이라도 마늘고동 나름이다. 시장에서 돈을 주고 사 온 마늘고동이라면 이런 감정이 없었을 것이다.

"당신, 좋아하는 마늘고동 나물이에요. 당신이 예뻐하는 영이 씨가 가져온 마늘고동이니 더욱 맛이 있겠네요. 많이, 많이 드세요."

무심코 내놓는 한마디 아내의 말조차 가슴에 와 조금은 아프게 하르르 꽃잎처럼 내려앉는 걸 나는 어찌는 수가 없었다.

(2010)

프리지아

연이가 왔다. 1년이면 한두 차례 잊지 않고 나를 찾아오는 연이. 교직 생활을 하므로 주로 여름과 겨울의 방학 기간 중에 온다. 걸러도 좋으련만 될 수 있는 대로 거르지 않고 오려고 하는 그 마음이 참으로 고맙고 지극하다. 올해는 겨울이 물러가면서 봄이 오는 길목에 왔다.

연이와 내가 처음 만난 것은 1981년도. 벌써 30년도 훨씬 넘는 세월이다. 생각해 보면 이런 인연도 드물다. 그녀를 나는 공주교육대학교 부설초등학교 교사로 근무할 때 우리 반으로 실습 온 교육대 학생으로 만났다. 말하자면 지도교사와 실습생의 입장으로 만났던 것이다.

그녀의 고향은 인천. 짧은 2년 동안 공주에서의 학창 생활을 마치고 그녀는 고향 가까운 경기도 쪽으로 발령받아 공주를 떠났다. 그런데 그 뒤로도 그녀는 계속해서 나를 만나기 위해 공주를 찾아왔다. 생각해 볼수록 놀라운 일이다.

와서는 한나절 정도 이런저런 이야기를 나누다가 돌아간다. 물론 함께 식사를 하기도 하고 가까운 곳을 찾아 구경을 하기도 한다. 이번에는 특별히 지난해에 받은 모범 공무원 상장을 가지고 왔다. 나한테 보여 주고 싶었다는 것이다. 또 외국 여행길에 산 물건이라면서 우리 부부의 선물도 빼놓지 않고 챙겨 가지고 왔다. 이런 것들 또한 지극한 마음이 아니면 가능한 일이 아니다.

연이는 오면서 꽃 한 다발을 안고 왔다. 노란색 프리지아. 프리지아는 남아프리카 원산으로 흰색, 노란색, 오렌지색, 푸른색 등이 있다는데 내가 아는 프리지아는 어디까지나 노란색 프리지아다. 프리지아는 알싸한 향기가 난다. 그런데도 그 향기가 역겹지 않다. 잘 익은 과일 내음 같기도 하다. 그 어떤 꽃의 향기보다도 은근하고 편안한 느낌을 준다. 가슴을 시원하게 만들어 주기까지 한다.

벌써 4년 전 병원에 있을 때의 일인가 보다. 보름 동안 중환자실에 머물다가 나와 겨우 병세가 꺾여 주치의인 여자 의사가 "선생님, 옛날의 모습으로 돌아갈 수 있겠습니다."라고 말했을 때 나는 너무나도 기쁜 마음이었다. 마침 그 다음날이 나의 생일날이었는데 마치 내가 세상에 다시 태어난 것 같은 느낌이 들었다. 이 기쁨과 감사를 표현하기 위해 나는 담당 의사에게 무엇인가 선물을 드리고 싶었다.

옆에 있는 딸아이에게 꽃집에 가서 프리지아 한 다발만 사다 달라고 부탁했다. 지켜보던 가족들이 불평을 했다. 앓는 사람이 병이나 나을 궁리나 하지 엉뚱한 생각을 하고 그런다고 아내는 가만히 눈을 흘겼다. 그렇지만 딸아이는 내 청을 거절하지 않았다. 꽃을 사 온 것은 저녁때. 다음날 아침 회진 온 담당 의사에게 꽃을 드렸다. 자기가 왜 꽃을 받아야 하느냐며 의사는 뜨악한 표정으로 꽃을 받았다.

실상 그것은 나 자신 소생의 기쁨에 대한 자축의 의미로 드린 꽃이었다. 아니, 살아나고 싶은 가냘픈 몸부림으로 드린 꽃이었다. 그런 뒤로 프리지아는 나에게 봄을 알리는 꽃이고 소생을 상징하는 꽃이고 감사와 기쁨을 표현하는 꽃이 되었다. 그런 프리지아를 연이가 사 가지고 온 것이다.

언제나 그랬듯이 연이는 두서너 시간 내 곁에 머물다가 훌쩍 자기 처소로 돌아갔다. 대신 내 방의 응접용 탁자 위에 꽃병이 하나 놓이고 그 위에 프리지아 꽃다발이 꽂혀졌다. 연이는 가고 연이의 꽃, 프리지아만 남은 것이다. 이제 다시 연이를 보려면 반년은 충분히 기다려야 할 것이다.

아침에 출근해서 사무실 문을 열고 들어서면 선뜻 반겨 주는 것이 프리지아 향기다. 아무리 맡아도 싫지 않은 그 향기. 어쩌다 외출했다가 돌아올 때도 프리지아 향기는 나를 반긴다. "선생님, 저 여기 있어요." 꽃병의 프리지아 꽃다발 속에서 연이가 웃는 것만 같다.

아, 사람은 가고 없는데 꽃향기만 남아 그 사람을 대신하다니! 이제 프리지아 향기는 연이의 향기다. 나는 결코 곁에 있을 리 없는 연이의 맑은 눈빛과 얼굴을 떠올리며 빙긋이 웃음을 지어 본다.

(2011)

물봉선을 만나러 가다가

애당초 생각은 문화원에서 일찍 나와 집으로 가려고 했었다. 언제나처럼 자전거를 타고 제민천을 거슬러 집이 있는 금학동 쪽으로 올라가다가 그만 마음이 바뀌었다. 날씨가 하도 맑고 햇빛마저 따사로워 그냥 집에 들어가기는 아무래도 머쓱하다는 생각이 들었던 것이다. 가을 햇빛은 따가운 것보다는 따습다는 느낌이 들게 하는 햇빛이다. 이렇게 모처럼 맑은 하늘 아래 가을 햇빛을 흠뻑 받는 일이 여간 귀한 일이 아니란 생각이 들었다.

올여름 얼마나 많은 날들을 구름 낀 하늘 아래 비를 맞으면서 우중충하게 지냈던가. 그것이 9월까지 내내 계속된 일이었으니 지루함까지 있었던 게 사실이다. 문득 지난해 가을 너무 늦게 찾아가는 바람에 사진 찍는 일을 놓쳐 버린 물봉선 생각이 떠올랐다. 꽃잎을 다 잃어버리고 푸스스하니 이파리 몇 개들로만 서 있던 늙은 물봉선을 두고 내년에 다시 와 보마 약속한 일이 있었다. 자전거 핸들을 돌려 물봉선 군락지가 부근에 있는 중학동의 옛 선교사의 집, 빨간 뾰족집으로 향하려던 참이었다.

제민천 쪽에서 왁자하니 아이들 소리가 들렸다. 나의 귀는 아직도 아이들 소리가 들리면 그쪽으로 반짝 열리도록 되어 있는 귀. 마침 학교에서 공부를 끝낸 초등학생들 네댓 명이서 무리 지어 제민천 물가에 만들어 놓은 산책로를 따라 내려오고 있는 것이 보였다. 나는 반사적 행동으로 가방에서 카메라를 꺼내어 제민천 풍경과 함께 아이들의 모습을 담았다. 사진을 찍다 보니 저만큼 또 다른 아이들의 모습이 보였다.

제민천 개울물 위에 걸쳐 놓은 철다리 위에 두 아이가 앉아 있었다. 고등학생쯤 되어 보이는 여학생들이었다. 왜 저 아이들이 저기 저렇게 있는 걸까? 가끔 여름철에 아이들이 개울물 속에 들어가 물놀이를 한다거나 개울가에서 물장난을 치며 노는 것을 본 적은 있지만 이렇게 개울물에 걸쳐 놓은 철다리 위에서 자리를 펴고 앉아 있는 아이들을 본 것은 처음 있는 일이었다.

마침내 호기심이 동한 나는 아이들 쪽으로 다가가 조심스럽게 물어보았다.

"애들아, 지금 너희들 거기서 뭐하는 거니?"

"네, 저희들 지금 시험공부하는 중이에요."

"시험공부?"

"내일부터 중간고사거든요."

내 지금껏 제민천을 따라 수십 년 오락가락 해 보았지만 그렇게 제민천 개울의 다리 위에 나와 앉아 시험공부를 하는 아이들을 보기는 처음 있는 일이었다. 정말로 그 아이들 앞에는 몇 권의 책이 펼쳐져 있는 게 보였다.

"너희들 집이 공주가 아니지?"

"네, 저희들은 다른 곳에서 공주로 공부하러 왔어요."

어쩌면 그 아이들도 나처럼 맑게 갠 날 상쾌한 바람을 따라 밖으로 나와 제민천을 찾게 되었고 또, 제민천 개울물 위에 있는 다리를 발견하고는 거기에 그렇게 앉아서 공부해야지, 마음먹은 아이들임에 분명했다. 제민천의 맑은 물. 쫄랑쫄랑 소리를 내며 흘러가는 물소리. 개울가에 어우러져 피어 있는 가을 풀꽃들. 고마리. 여뀌풀. 시험공부하러 나온 여학생 아이 둘. 스치는 삽상한 바람. 따스한 햇빛. 그 모든 것들을 내려다보고 있는 맑은 눈을 뜬 가을 하늘. 참으로 그것은 오랜만에 만나는 아름다운 풍경의 조합이었다.

나는 아이들에게 허락을 받고 그 예쁜 모습을 카메라에 담았다. 아무래도 아이들은 처음 보는 사람한테 사진 찍히는 일이 부끄러운지 눈을 감은 채 웃음 짓는 얼굴만을 보여 주었다.

"얘들아, 내가 지금 물봉선 사진을 찍으러 가는 길이거든. 시간이 많이 안 걸릴 테니 내가 다녀올 때까지 거기 그렇게 공부 잘하고 있거라."

나는 그 아이들과는 아무런 관계도 없는 엉뚱한 말을 했다. 그것도 아이들의 선생님이거나 어버이인 것처럼 그렇게 말을 했다. 그런데도 아이들은 다소곳한 목소리로 대답해 왔다.

"네."

아, 저런 순진함과 온순함은 도대체 어디서 비롯되는 것일까? 어쩌면 그것은 자연에서 오는 것이 아닐까⋯ 모처럼 맑게 갠 하늘. 시원한 바람. 짜랑짜랑 비추는 햇빛. 조그만 소리로 속살대며 흐르는 맑은 개울물. 아, 참으로 좋은 날이다. 참으로 아름다운 날이다. 그것은 제민천에 반한 어느 날의 일기였다.

(2010)

사촌 이모네

사촌 이모네 집은 산 너머, 산 너머에 있다고 했다. 외갓집 마을도 산골인데 사촌 이모네 집은 아예 산속 깊은 곳에 지어진 외딴집이라 했다. 서천군 내에서 가장 높은 산이라고들 말하는 천방산. 천방산 속에 있다는 집. 본래는 사촌 이모네도 외갓집 마을에서 살았는데 살림이 어려워 집을 팔고 산골 속에 새로 집을 짓고 들어가 산다고 했다. 사촌 이모네 집은 얼마나 먼 곳에 있을까? 어떻게 생긴 집일까? 언제부턴가 나는 사촌 이모네 집에 한번 가 보고 싶다는 생각을 했다.

1년에 두서너 차례 사촌 이모가 외갓집에 다니러 오기도 했다. 사촌 외삼촌이 오기도 했다. 집이 너무나 가난해 사촌 외삼촌은 남의 집 머슴을 산다고 했다. 사촌 이모는 셋. 그중의 한 이모는 또 남의 집에 가서 식모살이를 한다고도 했다. 외갓집에 자주 오는 사촌 이모는 이모 가운데 맨 맏이인 동옥이 이모. 나한테 잘해 주었다.

동옥이 이모는 참 사람이 좋았다. 남들이 뭐라고 안 좋은 말을 해도 그냥 빙긋이 웃어 넘기는 성격이었다. 그런데 동옥이 이모는 말더듬이였다. 심한 말더듬이는 아니지만 약간 더듬는 그런 말더듬이였다. '콩밥'이라고 짧게 말할 것도 '코, 코, 코, 코옹바압'이라고 길게 굴러서 말하곤 했다. 그래도 나는 동옥이 이모가 좋았다. 동옥이 이모는 외갓집에 오면 나하고 어울려 놀아 주기도 했고, 어떤 때는 가위로 내 머리칼을 잘라 주기도 했다. 한번인가는 외가 마을 옆 동네 문산장에 말 시바(서커스의 일본말)가 들어왔을 때 나를 데리고 구경간 일도 있다.

정작 내가 동옥이 이모네 집에 처음 가 본 것은 초등학교 4학년 때쯤의 일. 사촌 이모네 아버지, 그러니까 나에게는 할아버지가 되시는 분이 돌아가시어 어머니와 외할머니와 함께였다. 정말로 집이 천방산 아래 산골 마을에서도 떨어져 나와 등성이 하나를 다시 넘어 외딴 곳에 있었다. 울타리도 없고 대문도 없었다. 그야말로 초가삼간, 방 두 칸에 부엌이 하나인 그런 집이었다. 그날 저녁 손님이 들어가 잘 만한 방조차 없어 우리는 부엌에서 하룻밤 신세를 져야 했다. 다행히 계절이 춥지 않은 때라서 한데 잠자리가 가능했다.

부엌에는 푸장나무가 가득 쌓여 있었다. 머슴살이 외삼촌이 뒷산에서 땔감용으로 베어 온 나무와 풀들이었다. 밤이 깊어지자 우리는 그 푸장나무 위에 잠자리를 보았다. 어머니와 외할머니가 눕고 그 사이에 내가 누웠다. 곁에 어머니와 외할머니가 있으니 나로선 만사에 걱정이 없는 노릇이었다. 산속 마을이라 그랬던지 물것도 별로 없었다. 아직 다 마르지 않은 푸장나무에서 향긋한 풀 냄새가 번져 나왔다. 누워서 보니 어두컴컴한 부엌 천장 사이로 무언가 어른거리는 것이 있었다. 그건 밤하늘이었고 또 별이었다. 얼마나 엉성하게 지은 집이었으면 부엌 천장으로 하늘이 보이고 별이 다 보였을까? 그것은 밤하늘의 별을 보면서 잠을 잔 나로선 유일한 밤이었다.

그런 뒤로 나는 가끔 그 천방산 아래 외딴집을 찾아가곤 했다. 외할머니와 둘이도 갔지만 더 많이는 혼자서 찾아가곤 했다. 마땅히 찾거나 놀러 갈 만한 친척집도 없었으므로 외할머니는 내가 사촌 이모네 집에 가겠다고 그러면 흔쾌히 허락해 주시곤 했다. 주로 토요일이나 일요일이었을 것이다. 더러는 여름방학 때 찾아가기도 했을 것이다.

이모네 집으로 가려면 우선 외갓집에서 나와 마을 뒷길로 접어들어 오소매샘을 지나 하마다리를 건너야 한다. 그런 다음에는 천방굴과 처마꿀이란 동네 사이에 있는 개울길을 따라서 가야 한다. 처마꿀에는 대추나무와 감나무가 많다. 그래서 가을철이 아니래도 주렁주렁 매달린 과일들을 보는 것이 좋았다. 그 마을 앞에는 외갓집의 논도 몇 마지기 있었다. 그 옆에는 조그만 방죽이 하나 있고 동네 사람들이 길어다 먹는 샘이 있고 또 커다란 향나무도 한 그루 서 있었다.

혼자서 산골길을 걷다 보면 약간은 무서운 생각이 들 때도 있었다. 그럴 때면 학교에서 배운 노래들을 하나씩 생각해 내어 작은 소리로 부르며 발을 옮겼다. 처마꿀을 지나, 장마에 깊게 패인 골짜기를 지나, 한참을 더 가다 보면 절꿀 마을이 나온다. 그 절꿀 마을에서 다시 조그만 등성이를 하나 더 넘으면 바로 사촌 이모네 외딴집이 보인다.

밤중이면 불 켜진 창문에 산짐승이 내려와 흙을 퍼서 뿌리기도 한다는 그 집이다. 찾아갈 때마다 반갑게 맞아 주던 동옥이 이모. 이모는 나를 데리고 뒷산으로 올라가 개암이며 산밤을 따서 주기도 하고 집에 와서는 고구마를 쪄서 주기도 했다. 산골 밭에서 자란 고구마라 그런지 유난히 맛이 달고 좋았던 기억이다.

허지만 이모네 집에서 무작정 오랫동안 머물 수는 없는 일이었다. 외갓집까지의 거리가 제법 되기 때문에 날이 어둡기 전에 서둘러야 했던 것이다. 돌아올 때면 역시 동옥이 이모는 많이 섭섭해했다. 돌아가는 나를 따라 멀리 멀리까지 배웅해 주곤 했다. 이모와 함께 외갓집 쪽을 바라보면 수없이 많은 산봉우리들이 겹겹으로 포개져 있는 것을 볼 수 있었다. 아, 저 너머에는 또 어떤 마을이 있고 어떤 사람들이 살고 있는 것일까?

사촌 이모와 함께 나란히 서서 바라보던 멀고 먼 풍경이 바로 내 그리움의 출발점이었다는 것을 그 당시 나는 차마 깨닫지 못했다. 듣는 말로는 병석에 누워 있다는 동옥이 이모. 뵈온 지도 한참 오래되었다. 지금도 나는 여름이 가고 가을이 깊으면 문득 초등학교 학생이 되어 천방산 속에 있는 외딴집, 사촌 이모네 집을 타박타박 걸어서 찾아가고 싶은 마음이 되곤 한다.

(2010)

날마다 이 세상 첫날처럼

날씨가 매우 사나워졌다. 정말로 이러다가는 지구가 영 잘못되는 게 아닌가 걱정스러울 지경이다. 극지방의 얼음이 녹아내려 바닷물이 불어났다느니, 수온이 올라갔다느니 그런 이야기들을 비롯하여 우리나라의 날씨가 아열대로 변하고 있다는 소문들과 함께 말이다.

장마철인데도 시원스럽게 비도 내리지 않고 그러더니 이번에는 하루하루가 견디기 어려운 찜통더위요, 밤마다가 열대야의 연출이다. 아침에 자고 일어나도 몸이 무지근하여 영 시원치 않다. 그러나 생각해 보면 여름에 덥지 않고 언제 덥겠는가 싶은 생각이 든다. 그렇다. 여름이 더운 것은 당연한 이치요, 정작 그것이 여름다운 까닭이겠다.

나는 결코 여름이 덥다 해서 어디로 피서를 가거나 그러지는 않을 생각이다. 더위를 피한다 해서 더위가 사라지는 것도 아니거니와 그렇게 더위를 피하며 살아갈 시간의 여유가 나에게는 없다. 하루하루를 나는 입학시험 치르듯이, 휴가 나온 병사가 아까워하며 짬짬이 시간을 써먹듯이 살아가고 있다.

이것도 실은 지난번 내가 크게 앓고 나서 생겨난 하나의 변화다. 사는 일이 매우 바빠졌다. 또, 하고 싶은 일들이 많이 늘어났다. 주변에서도 여러 사람들이 그렇게 말을 한다. 참 바쁘게 산다고. 교직에서 정년 퇴임을 하고 상근이 아닌 문화원장 자리에 있으면서 무엇을 그렇게까지 바쁘게 살 이유가 있겠는가? 그러나 내 생각은 그렇지 않다.

시간이 너무 아깝다. 하루하루가 너무 빨리 간다. 간혹 문화원장실로 볼일이 있는 분들이 찾아와 오랜 시간 이야기를 하고 있으면 안절부절 못하는 마음이다. 누구든 나한테서 시간을 많이 빼앗아 가는 사람이 부담스럽다. 그것도 별로 도움이 되지 않는 희떠운 세상 이야기로 시간을 빼앗는 사람이 힘들다.

몇 년 전에 상영된 〈버킷 리스트〉란 영화를 기억하시는지? 나는 그 영화를 보지는 않았지만 줄거리는 대강 알고 있고 내용에 담긴 의미도 대강은 짐작을 한다. '버킷 리스트'란 것은 결국은 '죽기 전에 꼭 하고 싶은 것들의 목록'이라는 것이겠다. 그렇다. 우리의 하루하루는 죽기 전에 꼭 하고 싶은 일들을 하는 날들의 연속이다.

지난봄에 별로 탐탁하게 여기지 않는 아내를 부추겨 함께 미국 엘에이를 보름 동안 다녀온 것도 나에게는 실은 버킷 리스트 가운데 하나였으며, 우리 문화원의 젊은 직원들과 어울려 계룡산을 넘은 것도 버킷 리스트 가운데 하나다. 또 정년 퇴임 후에 내는 여러 권의 책들도 버킷 리스트 가운데 하나하나를 실천하는 일이겠다.

병을 얻기 전에는 나도 술을 한두 잔쯤은 마시는 사람이었다. 그런데 병을 얻어 췌장이 나빠진 뒤로는 의사의 권유에 따라 술을 한 잔도 마시지 못하는 사람이 되었다. 처음에는 그것이 조금은 부자연스러웠는데 지내고 보니 술을 아예 마시지 않는 것이 얼마나 깔끔하고 좋은지 모르겠다.

우선 시간이 많이 여유로워졌다. 또 그 시간들이 모두 말짱하게 정신 차린 깨끗한 시간이 되었다. 영어로 말한다면 '클린 라이프'가 된 것이다. 왜 진즉 내가 이러지 못했던가, 후회스러울 지경이다. 정치(精緻)한 인생, 정미(精微)한 인생이 된 것이다. 이 얼마나 "야호!"인가? 내 인생을 내 주관으로 산다는 것. 나의 시간을 오로지 내가 지배하며 나를 위해서 써먹는다는 것. 내가 하고 싶은 일을 하면서 산다는 것. 이것은 그냥 하기 좋은 말로 남이 알까 무서울 정도로 좋은 일이다.

누군가 내 남은 인생의 계획을 물으면 이렇게 대답한다. "오늘도 어제처럼, 내일도 오늘처럼. 할 수만 있다면 아침에 잠 깨어 이 세상 첫날처럼. 저녁에 잠이 들 때 이 세상 마지막 날처럼." 그렇다. 우리들의 하루하루는 이 세상에서 허락받은 오직 한 날로서의 하루하루다. 그리고 첫날이자 마지막 날이다. 그런 의미에서 우리들은 지구라는 아름다운 별로 여행 나온 여행자들이지 않은가!

아무리 여름 날씨가 덥고 사나워도 올해도 가을은 올 것이다. 더운 여름이 가고 가을이 온다는 사실! 이것도 엄청난 축복이요 희망이다. 이런 희망과 축복 속에 당신과 내가 있다는 것은 참으로 근사한 일이다. 오늘도 살아서 더운 날씨를 덥다, 덥다 말하는 당신의 목숨에 축하를 드리며 까치발로 기다리고 있을 당신의 가을에 대해서도 미리 축하의 말씀을 전한다.

(2010)

거리의 시

지루하거나 심심할 때면 곧잘 찾는 곳이 있다. 그것은 어떤 가게나 풍경이 아니다. 공주 시내 중심가의 한 골목이다. 주변에 상가가 있고 식당도 있다. 예전엔 방석집으로 유명한 술집이 있던 골목이기도 하다. 그런데 그 골목길이 젊은 아이들의 낙서 장소로 되어 있다. 부근에 '마니또' 같은 팬시점이 있어서 그런지도 모르겠다.

그러나 내가 보기에는 골목의 구조가 특별해서 그런 것 같다. 우선은 밖에서 보아서 내부 공간이 안 보이도록 되어 있다. 이쪽 거리에서 저쪽 거리로 통하는 골목인데 그 중간쯤에 한글의 ㄷ자 모양으로 꺾인 부분이 있다. 그 꺾인 부분에 아이들이 숨어 들어가 잠시 데이트도 하고 낙서도 하고 담배도 피우고 그러는 것 같다.

집의 주인이 그 골목길의 벽을 노란색으로 칠해 놓았는데 그 노란색 벽이 온통 낙서로 채워져 있다. 처음에는 볼펜이나 네임펜, 매직펜 같은 필기도구를 사용했지만 나중에는 아예 그 위에 래커(lacquer)로 굵게 덧칠되어 있다. 멀리서 보면 어울려 하나의 회화 작품처럼 보이기도 한다.

나는 소중한 책을 펼쳐 읽는 사람처럼 낙서가 뒤엉킨 벽에 다가가 낙서들을 살펴본다. 대개는 쌍소리와 욕이다. 민망스런 그림도 있다. 그러나 자세히 살펴보면 그럴듯한 글도 있고 예쁜 그림도 보인다. 낙서라고 무조건 폄하하고 경원시할 일만은 아니란 생각이 들기도 한다.

우선은 담배에 관한 낙서가 많다. 아마도 아이들이 이곳에 와 담배를 많이 피우고 담배 피우는 행위에 대한 그 어떤 해방감, 카타르시스까지 얻었는가 보다. "담배를 피우면 건강해집니다."는 아무래도 역설이다. 나아가 "금연 금지"란 문구는 푸, 하고 웃음을 자아내게 한다. 웬 녀석들 같으니라고.

그다음으로 많이 보이는 건 아무래도 성에 대한 것, 남녀 간 애정 표현에 관한 것이다. 사람은 이렇게 어른이든 아이들이든 죽을 때까지는 남녀 문제에서 자유스러울 수 없는 슬프고도 고달픈 존재란 생각이 든다. 사실 그것은 하나의 부질없는 노력이요 허무의 되풀이인데도 사람은 끝내 그 그물에서 벗어나지 못하고 산다.

"애인 구함." "XX야 너를 사랑해." 이 정도는 아주 고전적인 표현이다. "넌 내 꺼야." "내가 찍었어." 이런 표현은 살짝 자극적이다. 그런가 하면 순한 어조로 이렇게 적은 경우도 있다. "너밖에 없어." "미진아 사랑하니?" "사랑하는 XX오빠와 소정." "미안해." 미안하다면 무엇이 미안하단 말일까?

그런가 하면 아주 격렬한 감정을 드러낸 것들도 보인다. "미워 죽겠어." "오빠 딴사람하구 바람 피면 죽여!!" "울고 싶다." "나도 울고 싶다. 답답해 ㄲㄲ" 울고 싶다고 적은 아이는 누구이고 그 아래에 따라서 울고 싶다고 쓴 아이는 또 누구일까?

젊은 시절은 누구에게나 아름답고 빛나는 환희의 시절이지만 한편 절망과 슬픔의 계절이기도 하다. 그런 젊은 날을 살면서 이렇게 후미진 골목길에 혼자서, 혹은 여럿이서 숨어 들어와 담배를 피우고 침을 뱉고 낙서를 하면서 한숨을 쉬기도 하고 욕설을 하기도 했을 아이들이 문득 안쓰럽다는 생각이다.

흔히 어른들은 그런다. 이런 골목길은 아예 없애 버려야 마땅하다고. 그런 아이들이 왜 우리 아이들이어야 하느냐고. 그러나 돌이켜보면 우리들의 젊은 시절, 청소년기는 어떠했을까? 우리 또한 저런 마음들과 그다지 차이가 나지 않았다는 걸 부인하기 어렵다.

그 골목길의 낙서를 살피면서 다음과 같은 낙서를 발견하고는 나는 두 눈이 번쩍 뜨이는 느낌을 갖는다. "나는 세 살 때부터 웃음이 헤펐어. 은정." 이 얼마나 사랑스런 낙서인가? "내가 하늘이라면 당신께 별을 드리고 / 내가 땅이라면 당신께 꽃을 드리지만 / 내가 사람이라면 당신께 사랑을 드립니다." 이것은 아무래도 어떤 책이나 시구에서 빌려 온 것 같다. 허지만 어떠랴. 낙서판에 이렇게 고운 글을 적는 마음 또한 고운 마음이 아니겠는가.

이 가운데 다음과 같은 글은 낙서 가운데 백미 편이다. 이야말로 한 편의 아름다운 시가 아닐까 생각이 들 정도다.

누군가 옆에서
같이 있다는 사실만으로도
나는 기뻐
우리 나중에
훌쩍 커 버렸을 때
후회가 남지 않도록
좋은 추억만 간직하자
사랑해

-너희의 어둠을 나의 등으로 밝히리, 선미가 씀

요즘 그 골목에 가 보면 골목길 한가운데 나무 의자 하나가 놓여 있음을 본다. 부서진 의자가 아니라 성한 의자다. 골목길 옆이 마침 '이학식당'이라서 이학식당 주방장 백순팔 씨에게 물었더니 언제부턴가 어떤 남자 노인 한 분이 거기에 의자 하나를 그렇게 가져다 놓고 가끔씩 와서 앉았다 가곤 한다는 것이었다. 아이들의 낙서판 골목에 또 다른 참여자가 생긴 모양이다.

(2010)

해거름 녘

점심 식사 시간을 조금 비껴서 뜻밖의 전화가 한 통 걸려 왔다. 서울에 살면서 평론을 하는 송영호 씨. 그는 경희대학교 대학원 석사 과정에서 내 시를 가지고 논문을 쓴 인연으로 특별히 알고 지내는 사이다. 공주 가까이 논산에 볼 일이 있어 내려왔다가 올라가는 길에 전화 거는 거라면서 한두 시간 뒤 갈 테니 만나 줄 수 있느냐는 거였다. 웬일일까?

잠시, 문화원의 오고 가는 일들을 살피는 사이 아래층 직원들의 안내를 받아 송영호 씨가 원장실로 들어왔다. 혼자가 아니었다. 부인과 함께였다. 부인 역시 모임이나 만남의 기회를 통해 충분히 낯이 익은 분이다. 무슨 일로 왔을까? 자리에 마주 앉자마자 대뜸 찾아온 까닭이 밝혀졌다.

"오늘 아들아이가 논산훈련소에 입소했습니다. 그래서 아들아이를 데려다주고 둘이서 오는 길입니다."

"많이 섭섭하겠네요. 나도 아들아이 군에 보내 봐서 그 마음 압니다."

"뭘요. 잠시 훈련만 받는 거니까 괜찮습니다."

"아버지는 저렇게 씩씩해도 엄마 되는 분은 안 그러실 겁니다."

이야기를 하면서 건너다보니 부인의 표정이 매우 고즈넉하고 많이 잦아들어 있었다.

아무래도 이렇게 그냥 헤어져서는 안 될 성싶은 생각이 왔다.

"송 형. 우리 여기서 한참 이야기하다가 저녁 식사나 하고 갑시다."

"그러시지요. 그렇잖아도 지난번 저희 집사람 친상(親喪) 때 조문도 해 주시고 해서 제가 식사 대접을 한번 하고 싶었던 참입니다."

그렇게 하여 한 시간도 넘게 이런저런 이야기를 나누면서 시간을 때웠다. 그러는 사이 송영호 씨 부부가 내 아내와 함께 식사를 하고 싶다고 해서 사무실 아가씨를 시켜 집에 있는 아내를 불러오기도 했다. 이제 사람이 넷이 되었다.

우리는 그렇게 네 사람이서 사무실 가까운 곳에 있는 '이학식당'으로 자리를 옮겼다. 이학식당은 공주에서 가장 오래된 식당일 뿐더러 노장층의 입맛에 맞는 음식을 잘하는 음식점이다. 그날 우리가 먹은 음식 메뉴는 가지가지. 따로국밥과 설렁탕, 물냉면, 비빔냉면. 그러니까 네 사람이 각각 다른 음식을 청한 셈이다. 자기 취향에 맞는 음식을 먹은 셈인데 어쨌든 우리는 잠시 우빽찌빽 이야기를 나누면서 화기애애한 시간을 가졌다. 송영호 씨가 우겼지만 음식값을 내가 치렸음은 물론이다.

그런 뒤, 그들 부부는 다시 훌쩍 공주를 떠났다. 멀어지는 자동차 꽁무니를 보면서 나는 잠시 생각해 보았다. 자식을 키워서 군인으로 보내는 것은 부모된 사람의 자랑이요 보람이다. 그렇지만 마음 한 구석 안쓰럽고 걱정스럽고 어둑해지는 건 어쩔 수 없는 일. 그래서 누군가를 찾아 길고 길게 이야기를 나누고 싶고 위로를 받고 싶기도 한 것은 인지상정이리라.

우리 부부도 아이를 군대에 보내고 신병 훈련을 받는 동안 둘이서 신병 훈련을 받는 마음으로 마음을 졸이며 지냈던 기억이 있다. 여러 날 거실의 전화벨만 울려도 흠칫흠칫 놀라며 지냈으니까 말이다. 아이가 훈련을 마치고 강원도 철원의 백골부대로 배치를 받아서 면회를 갔다가 돌아오던 길에도 마음이 참 안 좋았었다. 부대로 들어가고 싶지 않아 자꾸만 미적거리는 아들아이를 부대에 밀어 넣고 처남이 운전해 주는 자동차를 타고 돌아오는 강원도 길이 여간이나 서러운 것이 아니었다.

마침, 해가 뉘엿뉘엿 저물고 있었다. 강원도의 높고 험한 산과 산. 큰 산의 그림자가 작은 산의 머리 위에, 골짜기 위에 이불처럼 드리워지고 있었다. 그 그늘만 봐도 가슴이 철렁하니 내려앉고 서느렇게 느껴졌다. 아! 하는 탄식이 절로 나왔다. 자동차가 정체되는 동안 길가에서 파는 일동막걸리를 한 병 사서 병나발로 들이켰을 것이다.

그러고 나니 더욱 마음이 스산하고 의지가지없이 서글퍼졌다. 흥

얼홍얼 유행가 가락이라도 입술에 맴돌았을 것이다. 울컥, 목울대를 타고 올라오는 뜨거운 것이 있었다. 강원도 높은 고개, 고개를 넘어 휘영청 내려갈 때. 모퉁이, 길모퉁이를 휘익 돌아 기약 없이 멀어져 갈 때.

해거름 녘. 뉘엿뉘엿 하루해 서산에 넘어갈 무렵. 멀리 떠났던 마음들도 돌아오고 마을마다 거리마다 창문에 불이 켜질 무렵. 가족이 있다면 저녁 밥상에 마주 앉을 시각. 이때처럼 쓸쓸하고 마음 아프고 살갑고 사람이 그리운 때가 어디 있을까. 이런 시각에 아들아이 군대에 보내고 집으로 돌아가는 어버이의 마음은 또 어떨까. 아버지여, 계속해서 씩씩하시라. 어머니여, 어머니 그 사랑으로 아들아이 모든 어려움 잘 이겨 낼 것을 믿고 조금쯤 근심을 내려놓으시라.

(2010)

부서진 마음을 고치다

이유는 그랬다. 기나긴 우기 철을 건너오면서 느슨해진 몸과 마음을 좀 바꿔 보고 싶었다. 그칠 줄 모르고 내리퍼붓는 빗줄기와 흐린 날씨 때문에 마음마저 눅진눅진해지고 몸도 지쳐 있었던 거다. 9월에 접어들면서 햇빛이 돌아오고 아침저녁 기온이 내려가 삽상한 바람이 불자 정신이 번쩍 드는 듯했다. 자신을 추스르고 변화를 가져와야 한다는 생각에 마음이 먼저 조급했던가 보다. 그런 마음이 끝내 문화원 직원들에게 떨어지고 말았다.

교직 정년 이후, 새롭게 만난 직장 동료들. 나이로 쳐서는 딸이라도 막내딸 같은 처녀들이다. 지극히 순박하고 착하기만 한 젊은 여성들. 그 무엇으로도 나는 그들에게 비교가 되지 않는 사람이다. 잘만 잘만 해 주어도 아깝지 않고 좋은 말, 웃는 얼굴만 보여 주며 살아도 아깝고 아까운 그들이다. 그런데 그만 내 생각과 내 입장에만 충실하다 보니 다시금 조그만 일을 빌미 삼아 화를 내고 신경질을 부리고 말았다. 천성은 고치기 어렵다더니 또다시 그 숨어 있는 소가지가 나오고 만 것이다.

난감한 느낌이 들었다. 이건 자신에게 부끄러운 일이다. 정말로 이제는 그렇게 하지 말자고 스스로 다짐을 하지 않았던가 말이다. 서둘러 사무실을 빠져나와 자전거를 몰아 집으로 향했다. 배낭을 찾아 물 한 병과 과자 한 봉과 카메라를 챙겨 들고 등산화 차림으로 집을 나섰다. 집 주변의 산길을 좀 걸어 보기 위함이다. 이런 땐 자신을 좀 학대해 볼 필요가 있다. 한동안 찾지 않았던 산길. 이렇게 마음이 뒤죽박죽인 날은 철저히 혼자가 되어야 하고 무언가 특별한 일을 해 보면서 자신에게 경각심을 주어야 한다.

몇 년 만인가? 병원에서 퇴원하여 부실한 몸으로 아내와 함께 걷던 길. 후들거리는 두 다리로 걷던 산길, 이번에는 마음을 다쳐 혼자서 다시금 찾는 처지가 마냥 심란했다. 참괴(慙愧), 그것이었다. 그저 나무에게 풀에게 바람에게 하늘에게 풀벌레에게 미안하다는 말을 계속해서 들려주고 싶었다. 모름지기 사람은 목숨 붙어 있을 때까지는 주변 사람들에게 잘해 주어야 하는 건데 쥐꼬리만 한 자존심과 다락같이 높은 이기심 때문에 주변 사람들에게 이렇게 또다시 마음의 상처를 주다니, 자신이 참 어쩔 수 없는 인간이라는 생각이 소록소록 돋아나곤 했다.

산길을 내리는 골짜기에서 물봉선을 만났다. 물봉선은 주로 산기슭 개울가에 무리 지어 자라는 풀꽃이다. 모양이 봉선화(혹은 봉숭아)를 닮았다 해서 물봉선이라 부른다. 봉숭아의 먼 조상쯤 되는 꽃일까? 가던 발걸음을 멈춰 쪼그리고 앉아서 물봉선을 한참 동안 바라다보았다. 물봉선은 꽃자주빛, 녀석도 지루한 우기를 견디고 어렵사리 가을을 맞았는지 꼬라지가 후줄근해 보였다.

꽃의 빛깔만 꽃자주빛이 아니라 이파리나 줄기까지 꽃자주빛으로 물들어 있었다. 애야, 너도 화를 내고 후회하고 속상해 본 일이 있니? 너도 나처럼 마음이 부서져 본 일이 있니? 그러나 물봉선은 아무 말도 하지 않는다. 따가운 가을볕에 다만 그을리면서 미동도 하지 않는다. 그러면 그렇겠지. 물봉선이 무슨 화를 내고 후회를 하고 마음이 부서지고 그렇겠는가.

물봉선을 뒤로 하면서 한결 가벼워진 마음을 느낄 수 있었다. 이제는 그러지 말아야지. 그렇다고 서둘러 그들에게 사과를 하지는 또 말아야지. 천천히, 천천히 자신을 돌아보고 추스르고 고칠 것은 고치고, 그들에게 보다 잘해 주도록 노력해야지. 오후 2시부터 6시까지 네 시간 동안 했던 혼자만의 산행. 그것은 부서진 마음을 고치기에 알맞은 시간이었다.

(2011)

조각 시간

지상의 모든 존재들이 가장 크게 영향받는 것이 있다면 그것은 시간과 공간의 제약일 것이다. 그 가운데서도 시간은 더욱더 인간의 삶을 조이고 자르고 안타깝게 만들어 준다. 우리네 인생이란 것 자체가 시간과의 약속이요 경주다. 애당초 우리는 그렇게 시간의 지배를 받으며 살 수밖에 없는 가엾은 존재들이다.

공간의 문제도 그러하지만 시간의 문제는 매우 중요하다. 인간은 살아가면서 자기에게 주어진 시간을 어떻게 조절하며 사느냐에 따라 그 인생의 성공 여부가 결정된다. 시간은 누구에게나 동일하다. 하루는 24시간일 뿐이다. 그 24시간을 어떻게 사용하면서 살 것인가? 거기에 인생의 초점이 모아진다.

세상에서 가장 무서운 명령자가 있다면 그것은 시간일 것이다. 시간이 오라 하면 와야 하고 가라 하면 가야 한다. 또 정지하라면 정지해야만 한다. 시간의 명령을 어길 사람은 이 세상에 아무도 없다. 지금까지도 그랬고 앞으로도 그럴 것이다. 시간 앞에서 큰소리칠 사람,

허풍 떨 사람이 어디 있단 말인가! 시간은 그 어떤 것도 변화시킨다. 가장 힘센 존재가 바로 시간이다. 시간의 위풍당당함 앞에서 우리는 다만 스스로의 무력함을 실감할 뿐이다.

이렇게 소중하고도 무서운 시간을 우리는 어떻게 사용하며 살아야 할 것인가? 사람들은 흔히 자기에게 주어진 시간이 무한정 많은 줄 착각하기 쉽다. 우선 시간은 제한된 것이며 그 자체가 대체 불가능한 것이란 것을 깨달을 필요가 있다. 한번 흘러간 시간은 다시는 오지 않는다. 빌려 주거나 빌려 올 수도 없다. 그러므로 시간은 돈이나 물건보다도 중요한 재화다.

오늘 못하면 내일 하지, 그렇게 생각하고 오늘 일을 내일로 미루어선 안 된다. 그것은 실패한 인생으로 가는 제일 친숙하고 가까운 길이다. 가능한 대로 오늘의 일은 오늘 하도록 힘써야 한다. 버릇부터 그렇게 들여야 한다. 최선에 최선을 다해야 한다. 그러므로 시간을 공손히 받들어 쓸 필요가 있겠다.

그다음엔 조각 시간을 함부로 하지 않는 일이다. 조각 시간을 정성껏 사용하는 일이다. 우리네 하루하루의 일정을 살펴보면 커다란 덩어리로 된 시간이 있는가 하면 그 덩어리들 사이에 끼어 있는 조각 시간들을 발견하게 될 것이다. 누군가를 기다리는 시간. 자동차를 타고 가는 시간. 더러는 길게 쉬는 시간. 멍하니 앉아 있는 시간. 길을 걷는 시간조차도 조각 시간들이다. 그러한 조각 시간들을 함부로 하거나 내쳐서는 안 된다.

더러 우리는 주변에서 조각보란 것을 본 적이 있을 것이다. 옷을 짓고 남은 자투리 옷감 조각들을 모아 두었다가 그것을 기워 만든 보자기 말이다. 서로 다른 무늬와 빛깔을 가졌지만 한데 모아서 기워 놓고 보니 그런대로 쓸모 있는 하나의 커다랗고 아름다운 보자기가 되지 않았던가! 바로 그것이다. 우리네 인생도 이렇게 옷감 조각들이 모여 하나의 그럴듯한 조각보를 완성하듯이 조각 시간들이 모여서 그럴듯한 인생을 완성하는 것이다. 조각보 인생이고 조각 시간 인생이다.

성공한 사람들. 특별한 사람들. 그들은 모두가 이 조각 시간을 함부로 하지 않고 잘 사용한 사람들이다. 그 조각 시간에 무언가 자기가 하고 싶었던 일들을 한 사람들이다. 정말 성공하고 싶은가? 정말 특별한 사람이 되고 싶은가? 그렇다면 지금부터라도 조각 시간을 정성껏 아끼면서 살아야 할 일이다.

*

또다시 새해다. 우리는 덩어리 시간도 많이 받았지만 조각 시간도 많이 받았다. 어쩌면 조각 시간을 더 많이 받았는지도 모를 일이다. 우리 앞에 놓인 한 광주리의 조각 시간들을 잘 챙기고 헤아려서 모두가 성공하는 사람들이 되었으면 좋겠다. 다시금 돌아오는 연말에 진정으로 웃는 사람들은 이 조각 시간들을 잘 관리하고 잘 사용한 사람들일 것이다.

(2012)

설날은 새롭게 봄을 준비하는 날

전통적으로 설날은 우리 민족이 1년을 새롭게 시작하는 첫날이다. 무엇이든 그 시작과 발단에는 기쁨이 있고 희망이 있고 새로움이 있게 마련. 옛 어른들은 '사계(四計)'란 말을 즐겨 사용하셨다. 인생살이에는 네 가지 계획이 있는데 하루의 계획은 새벽에 있고, 1년의 계획은 원단(元旦)에 있고, 일생의 계획은 근면함에 있고, 한 가정의 계획은 화목함에 있다는 것이 그 내용이다.

이렇게 1년의 계획이 서는 날이 설날이다. 그러니 설날이 얼마나 중요한 날이고 가슴 설레는 날인가. 당연히 조상을 돌아보며 제사를 올렸을 것이요, 어른들께 세배를 드렸을 것이다. 세배든 제사든 사람이 마땅히 해야 할 인사다. 그러기에 서로가 서로를 격려하고 축하하고 부추겨 주었을 것이다.

그런데 언제부턴가 우리는 설날을 두고 두 가지 말을 사용하며 오락가락해야만 했다. 신정(新正)이란 말과 구정(舊正)이란 말. 때로는 음력설이란 말. 혼동이 없었던 게 아니다. 이게 다 우리가 주체성이 부족하고 우리 것을 제대로 아끼지 못해서 그런 것이다. 허지만 이제는 설날을 설날로 제대로 알고 지내게 되었으니 다행한 일이다.

설날에 대한 이야기를 좀 더 적극적으로 하려면 아무래도 우리들 어린 시절로 돌아가야만 할 것 같다. 약간은 폄하가 있고 구박이 있기는 했지만 우리들 어린 시절의 설날은 풍성함과 흥겨움과 정다움의 종합 선물 세트 같은 것이었다. 누가 뭐라든 설날은 1년 중 가장 즐겁고 반갑고 좋은 날이었으니까.

우선 멀리 헤어져 살던 이웃이며 가족들이 고향으로 돌아온다. 그냥 오는 것이 아니라 선물을 마련해 가지고 온다. 제사를 모셔야 하고 반가운 사람들이 만났으니 음식을 차려야 함은 당연한 일. 평소 먹어 보지 못한 음식들이 만들어지는 때가 또 설날이다. 그러니 얼마나 홍겹고 좋았겠는가. 내가 무정과(무를 삶아 엿에 조린 한과)를 첨 먹어 본 것도 이웃 동네 부잣집에 세배 가서였다.

설에 신이 나는 사람은 당연히 아이들이다. 설빔이란 것도 여기서 나온 말. 설을 맞이하여 새롭게 장만한 옷이나 신이 설빔이다. 먹는 것뿐 아니라 입는 것까지 넉넉지 못하던 시절, 설날에 한 벌 얻어 입는 옷은 얼마나 귀한 옷이었고 감격스런 옷이었던가. 그 옷을 입고 자랑 삼아 골목을 누볐고 마을을 돌았으리라.

나의 어린 시절도 무척이나 가난했고 추웠고 배고팠었다. 더구나 나는 외갓집에서 외할머니와 함께 둘이서만 살았기 때문에 설날이 와도 마냥 고적하고 쓸쓸하기만 했다. 다른 아이들이 팽이를 가지고 놀 때 멀거니 바라보아야만 했고 연을 날릴 때도 바라보는 아이가 나의 배역이었다. 집안에 누구도 나한테 그런 걸 만들어 주는 남자 어른이 없었기 때문이다.

대신 친가에 가면 달랐다. 동생들이 여럿이고 삼촌들이 있어 집안 분위기는 한결 흥겹고 풍성했다. 특히 바로 아래 남동생 선주는 놀이의 명수였다. 남자아이들이 하는 놀이 가운데 그 아이가 못하는 것이 없었다. 윷놀이를 비롯하여 자치기, 못치기, 딱지치기, 팽이치기, 썰매타기같이 밖에서 하는 거친 놀이도 잘했고 연날리기를 더욱 잘했다.

선주의 연날리기는 설날이 오기 한 달 전부터 시작된다. 방패연이다. 연을 만들어 주는 사람은 솜씨 좋은 막내 삼촌. 해마다 삼촌은 겨울이 오기만 하면 동네에서 제일로 잘생기고 튼튼한 방패연을 조카에게 만들어 주었다. 그 연을 가지고 선주는 뒷동산에 올라가 하늘 높이 올렸다. "끼일 낄, 올라간다. 얘들아, 연쌈하자." 그 시절 아이들이 즐겨 부르던 연날리기 노래다.

일단 바람만 제대로 타면 연은 공중에 떠올라 미동도 않는다. 그러면 선주는 그 연의 연줄을 잡아 나무 사이를 비켜 집으로까지 끌고 내려온다. 그리고는 마루의 나무 기둥에 연줄을 매달아 둔다. 그러다가 해가 저물면 마루에서 연줄을 잡아당겨 연을 거두곤 했다. 그러한 동생 선주가 참 신기한 재주를 지닌 아이로만 보였다.

그러나 선주의 연날리기도 음력 보름이 되면 피날레를 맞곤 했다.

'액막이'란 것을 하여 연줄을 일부러 끊어 그동안 가지고 놀던 연을 먼 하늘로 떠나보내야만 했던 것이다. 어쩌면 음력 보름까지가 농한기였고 그다음부터는 새롭게 농사일을 시작해야 하므로 아이들도 한가하게 연줄이나 붙잡고 놀 수만은 없는 형편이었으리라. 날아가는 연을 보면서 선주는 얼마나 섭섭해했을까?

아이들의 연날리기 풍경. 지금은 없어진 옛날의 그림이다. 어른이 되어서도 한동안 시골길을 가다가 연이 하늘 높이 떠 있는 동네를 만날 때가 있었다. 그럴 때면 나는 저 마을에도 우리 동생 선주와 같이 씩씩한 아이들이 살고 있어 연을 올리는구나 생각하며, 연줄을 잡고 있을 건강한 사내아이들을 상상하곤 했었다.

아무리 세월이 그렇다 쳐도 여전히 설날은 기쁘고 좋고 반가운 날이다. 올해도 흩어져 살던 가족들은 고향 집을 찾아올 것이다. 어떤 형식으로든 조상에게 제사를 올릴 것이고 맛있는 음식을 만들어 함께 나누어 먹으며 즐거운 시간을 보내리라. 어른들에게 세배도 드리고 성묘도 하리라. 더러는 이웃끼리 찾아다니며 덕담을 주고받으리라.

덕담이란 또 좋은 말이다. 상호 간 용기를 주는 말이고 서로 잘 되기를 비는 말이다. 일찍이 우리는 그런 민족이었다. 어린아이들한테 세배를 받을 때도 어른들은 무한한 축복과 소원을 담아서 덕담을 했다. 좀 게으른 아이에게는 "너에게 소 한 마리를 준다."라고 했고 병약하고 갈먹는(식성이 까다로운) 아이에게는 "너에게 돼지 한 마리를 준다."라고 축원했던 우리네 어른들이다.

혹여 이번 설에 서로가 만나 쓰잘 데 없는 정치 얘기로 상호 간 얼굴 붉히는 일은 없었으면 좋겠다. 진정 설날은 창조와 탄생과 생산에 그 의미가 있다. 겨울이 음의 세기라면 봄은 양의 세기다. 음의 모드에서 양의 모드로 전환하는 첫날이 바로 설날이다. 우리가 춥고 어둡고 우울한 겨울을 견디며 사는 까닭은 우리들 가슴속에 분명히 봄이 숨겨져 있음으로써다.

봄이 되면 식물만 잠에서 깨어나고 새싹이 나고 꽃을 피우는 것이 아니다. 우리도 새싹을 내밀어야 하고 꽃을 피워야 한다. 아니 그 준비를 해야만 한다. 오늘에 이르러 설날은 우리에게 바로 그런 날이다.

(2014)

저는 그때마다 거꾸로 감동을 받고 눈물을 글썽이곤 하지요. 아, 저 아름다운 젊은 아이들에게 신이여, 축복하소서. 아름다운 날, 즐거운 날, 행복한 날들을 허락하소서. 기도드리곤 하지요.

2부

인생이란 것

아침 새소리

아침은 또다시 탄생의 순간이고 출발의 시간이다. 밤. 깜깜하고 편안한 밤. 밤의 안식에 싸여 잠들었던 모든 생명들이 깨어난다. 큰 숨을 쉬고 기지개를 켠다. 골짜기의 나무들도 푸스스 몸을 떨며 잠에서 깨어나고 풀잎 끝에 맺힌 이슬들도 눈을 뜬다. 모두가 햇빛의 힘이다. 사라졌던 햇빛이 돌아오면 모든 세상이 이렇게 바뀌는 것이다.

이런 아침의 시간에 가장 신나는 녀석들은 새들이다. 어디서 그렇게 많은 새들이 살고 있었는지 모르게 많은 새들이 나와 짹째글거리며 운다. 아침에 잠에서 깨어 문을 열고 새소리를 듣는다는 건 또다시 축복이요 한 아름 신이 주시는 선물을 받는 시간이다. 아, 나도 잠에서 깨어났구나, 기지개를 켜는 시간이다.

사막의 도시 엘에이에 가서 처음 듣던 새소리를 잊지 못한다. 저녁에 도착하여 하룻밤 호텔에서 잠을 자고 일어난 아침 창가에서였다. 짜아 하니 새소리가 들렸다. 어, 사막의 도시에 무슨 새소리! 호텔 창문을 열었을 때 상큼한 공기와 함께 일군의 새소리가 바닷물처럼 방

안으로 밀려 들어왔던 것이다. 물큰 비린 맛이 났다고나 할까! 목을 빼어 밖을 내다보니 새들은 호텔의 정원 열대나무 숲에 매달려 울고 있었다. 아니다. 녀석들은 포릉포릉 나무와 나무 사이를 날아다니면서 울고 있었다. 마치 움직이는 과일 같았다.

요즘 내가 사는 금학동에도 새들이 운다. 아니, 아침에 새소리를 들을 수 있다. 여름 동안 듣지 못하던 소리다. 어쩌면 새들은 여름에도 여전히 울고 있었는데 소음들에 묻혀 사람들 귀에서 멀어졌다가 다시금 돌아온 것인지도 모르겠다. 그만큼 세상과 자연이 고즈넉해진 탓일 것이다. 가을은 이렇게 또 새소리까지를 우리들에게 돌려주곤 한다.

전날에 일정이 힘겨웠거나 자다가 일어나 글이라도 몇 시간 쓰고 다시 잠든 날 아침이면 나는 잠자리에서 쉽게 일어나지 못한다. 마냥 꿈지럭대다 햇빛이 방 안까지 환하게 비쳐 들어와 더 이상 햇빛한테 미안해 눈을 감고 있을 수 없을 때쯤에야 일어난다. 이런 날은 영락없이 아침 새소리를 놓치고 마는 날이다. 가능하면 날마다 새소리를 듣는 아침이었으면 싶다.

(2012)

하룻밤 사이

하룻밤 사이 무언가 많이 달라진 느낌이다. 머뭇거리던 여름이 완전히 물러가고 가을이 온 느낌이랄까. 사무치게 좋았던 사람이 조금씩 싫어지기 시작한 느낌이랄까. 어디선가 그 무엇이 허물어지고 있다는 것을 느낀다. 또 그것이 다른 한편으로 새롭게 쌓여 가고 있다는 걸 느낀다.

생각해 보면 언제부터가 여름의 끝이고 언제부터가 가을의 시작인지는 분명치 않다. 다만 예민한 감각의 촉수를 지닌 사람들만이 여름과 가을의 변환을 어렴풋하게 감지할 뿐이다. 적어도 여름과 가을은 하룻밤 사이에 바뀌도록 되어 있다.

어젯밤이 바로 그랬다. 며칠 전부터 잠을 잘 때 창문을 조금씩 닫고 잤는데 어젯밤에는 자다가 추워서 창문을 완전히 닫고 자야만 했다. 아침에 일어나 보니 햇빛이 한결 눈에 부신 듯한 느낌이 들었다. 아, 어젯밤 내가 잠든 사이에 세상에는 무슨 일이 일어나긴 일어났구나, 그런 직감이 왔다. 가을이 온 것이다.

아침밥을 먹고 천천히 자전거에 올라 문화원으로 출근하는데 제민천 물소리가 어제보다 큰 소리로 들렸다. 그래 그런지 제민천 물이 더욱 맑아진 것 같고 물속에서 놀고 있는 물고기들도 더욱 물속 깊숙이 내려가 노는 것 같았다. 여기저기 여뀌풀들이 자라 숲을 이루고 꽃을 피우고 있었다. 이것도 며칠 전까지는 분명하게 보이지 않던 모습들이다.

아, 여뀌풀. 여뀌풀은 단연 가을의 풀이다. 여뀌풀이 눈에 보이기 시작하면 그건 이 땅에 다시금 가을이 돌아왔다는 하나의 증표다. 여뀌풀은 전형적인 잡초. 아무도 그 생김새를 기억해 주지 않고 그 이름조차 아는 이 별로 없는 개울가에 사는 그냥 그대로의 잡초다.

사람들은 여뀌풀이 그냥 자취 없이 왔다가 자취 없이 돌아가는 목숨이라 그럴 것이다. 그들이 생겨난 보람이 무어냐고 묻고 싶어 할지도 모른다. 그러나 여뀌풀들도 가을이면 나름대로 예쁜 꽃을 피우고 씨앗을 남긴다. 결코 자취 없이 왔다가 보람 없이 가는 목숨이 아니다. 그들 나름대로는 제 몫의 삶을 사는 것이고 제 할 일을 다하고 가는 것이다.

공주교육대학교 앞까지 갔을 때 나는 자전거에서 내려 개울가를 내려다보았다. 개울가 여뀌풀의 수풀 속에 색다른 꽃이 보였기 때문이다. 파란색 진한 꽃 한 송이. 무슨 꽃일까? 거리가 멀어 잘 보이지 않았다. 꿀풀 같은 꽃일까? 그 꽃은 햇빛에 몸을 흔들며 개울물에 제 모습을 비쳐 보이고 있었다. 개울물에 비친 햇빛이 환하게 눈에 부셨다.

나는 나도 모르게 두 눈에 눈물이 핑 돌았다. 아무런 이유가 없었다. 다만 그저 눈물이 핑 돌았을 뿐이다. 하룻밤 사이 계절은 이렇게 바뀌었다. 하룻밤 사이 사무치게 좋았던 사람에 대한 생각도 조금씩 그 좋았던 마음이 달라질까? 제발 그랬으면 좋겠다.

(2012)

책들

머리맡에 낙엽처럼 책들이 쌓인다. 여름내 한두 페이지 읽다가 버려 둔 책들이다. 아니면 읽었으면 해서 서가에서 끌어내린 책들이다. 언제쯤 이 많은 책들을 읽을 것인가. 가망이 없고 기약이 없다.

언젠가는 또 방을 치운다는 핑계로 다시금 먼지를 털어 책들을 서가로 돌려보내거나 집 안 구석 더 깊은 어딘가에 더 많은 산더미로 쌓아 둘 것이다.

해마다 이런다. 가끔 이런다. 머리맡에 읽지도 못하는 책들이 쌓인다는 것은 그것만으로도 하나의 스트레스다. 또 다른 절망이다. 언제까지나 이런 되풀이를 계속할 것인가. 올해도 나는 가을의 한 길목에서서 잠시 생각해 본다.

(2012)

이별의 언어

아침 7시. 교회로 예배 보러 가는 버스 안에서 차창으로 방금 떠오르는 아침 해를 보았다. 비록 뿌연 안개와 매연에 가려서 형체가 확실하게 보이지는 않았지만 새빨갛고 커다란 것이 풍선이나 홍시 감을 연상시키는 아침 해였다.

그 아침 해를 바라보면서 나는 어제 세상을 떴다는 대전의 또래 시인을 생각해 보았다. 그는 분명 오늘 아침에 떠오르는 저 해를 바라볼 수 없는 사람일 것이다. 그런데 나는 저 해를 바라보고 있지 않은가. 더구나 교회에 가고 있지 않은가. 고마운 생각과 이만큼이라도 얼마나 좋은가 하는 희망적인 생각이 들었다.

그는 나와 한 살 터울의 자치동갑인 사람이다. 나보다 좋은 집안에서 태어나 좋은 학교를 다녔으며 약관의 나이에 좋은 문예 잡지에 추천을 받고 시인이 되었으며 문학 박사가 되어 대학교 교수로 살았던 사람이다. 여러모로 선망이 되었던 사람이다. 나와는 그 무엇으로도 경쟁 상대가 되지 않고 비교가 되지 않는 사람이었다.

그런데 그가 나보다 일찍 돌아간 것이다. 젊은 시절 나는 그와는 별반 친하지 않았다. 나이는 내가 한 살 위였지만 한두 해 그가 문단의 선배였기 때문에 여러모로 버팅기는 마음들이 있어서 그랬을 것이다. 그러나 예순을 넘기면서 알게 모르게 우리는 화해의 날을 맞았다. 그도 나이를 먹었고 나도 나이를 먹었다는 것이 주요한 이유였을 것이다.

항상 당당해 보이고 탄탄해 보이던 그. 그도 나이를 먹고 나서는 많이 허전해하는 눈치였다. 자신의 교직 정년 기념 문집 출판기념회의 자리에서는 "아직도 나는 목이 마르다."는 말을 해서 나를 놀라게 했다. 나만 목이 마른 사람인 줄 알았는데 그도 목이 마른 사람이라니! 많이는 동병상련의 정을 느낄 수 있었다.

그 뒤 얼마 지나지 않아 그가 큰 병에 걸렸다는 소식을 들었고 한 차례 그의 집으로 그를 방문하여 길게 담소를 하면서 지난 이야기를 나누기도 하고 사진을 찍기도 했다. 결국은 그게 그와의 마지막 만남이 되어 버렸다. 인간의 일은 언제나 이렇게 작정이 없고 부질없고 순서가 또 없다.

오후엔 아무리 바쁘고 힘들어도 계룡산을 넘어 대전의 대학병원 장례식장에 있다는 그를 만나러 가야만 한다. 나의 말을 알아들을 줄 모르는 그에게 나는 무슨 말로 이별의 언어를 대신할 것인가.

*

오후 시간에 상가에 들렀다. 다만 의례적으로 향을 사르고 기도를 드리고 상주를 만나 절하고 몇 마디 인사를 나누었다. 산 사람은 여전히 산 사람이고 죽은 사람은 죽은 사람일 뿐.

평소에 못 만났던 문인들이 여럿 모여 밥을 먹고 술을 마시고 있었다. 아, 죽은 시인은 산 사람들을 만나게 하는구나. 또 산 사람에게 밥을 주고 술을 주는구나. 돌아간 시인의 적덕(積德)이다.

나도 여러 사람들에 끼어 밥 한 그릇을 먹었다. 이렇게 누군가 죽었어도 산 사람들은 열심히 밥을 먹고 술을 마시고 또 열심히 떠들고 그런다. 삶과 죽음이 이렇게 확연하게 구분된다. 그래서 마냥 슬프다.

살아서 죽은 시인에게 한 번도 밥을 사 주지 못했던 일을 생각해 본다. 나 또한 죽은 시인의 밥을 한 번도 얻어먹은 일이 없었음을 상기해 본다. 훌쩍훌쩍 해거름 녘 죽은 시인의 밥을 먹으며 죽은 시인과 다시 한 번 화해를 시도해 본다.

홍 형. 조금만 기다리시구려. 우리도 머잖아 만나게 될 거요. 만나서 미처 나누지 못한 시에 대한 이야기 나눕시다. 신세 한탄도 많이 해 보고 세상에 대한 불평도 푸지게 나누어 봅시다.

(2012)

요즘의 꿈

보면 볼수록 섭섭하다. 들으면 들을수록 안쓰럽다. 그래서 나는 늘 그 아이 앞에서 마음이 작아지고 조마조마해진다. 이걸 어쩌나. 이걸 어쩌나. 목이 타고 가슴이 조여진다. 답답하다. 그런데 그 아이는 그것도 모르고 여전히 뚱한 표정이다. 예, 아니오, 무뚝뚝한 말투다. 그러면 그럴수록 나는 더욱 조바심이 난다. 도무지 마음이 안정이 안 된다.

아편과 같다. 보면 볼수록 더욱 보고 싶고 들으면 들을수록 듣고 싶은 마약과 같다. 가능하면 그 애와 마주치지 않기를 바란다. 그런데도 어쩔 수 없는 일로 마주쳐야만 한다. 하나의 고역이다. 그러기에 부처님은 사랑하는 사람을 갖지 말라고 충고하셨겠지 싶다.

그런데 요즘엔 그 애가 꿈속에까지 찾아와 내 앞에서 서성댄다. 아니, 내가 그 애 앞에서 서성댄다. 여전히 뚱한 표정에 말수가 적은 사람으로 나온다. 더러는 어딘가로 숨어서 형상은 보이지 않고 느낌만으로 맴돌아 애를 태우게도 한다. 이제는 그 애의 꿈을 꾸어도 기쁘지 않고 반갑지 않다. 꿈에서 깨어 현실로 돌아오기도 힘들다. 이것은 지극히 심리적인 형벌이다.

(2012)

잘 사는 삶

흔히들 잘 사는 삶을 대라면 사람들은 그저 눈에 보이는 일로만 잘 사는 삶을 이야기한다. 아파트 평수가 얼마나 되고 돈은 얼마나 벌며 자리는 얼마나 높은가 그런 것만이 잘 사는 삶의 조건이라고 우긴다. 과연 그런가?

단연코 나는 아니라는 생각이다. 적어도 잘 사는 삶은 자기가 진정하고 싶은 일을 하면서 기쁜 마음으로 사는 삶이어야 한다. 여기에 남들한테 비난받지 않는다면 더욱 좋을 것이요 남들이 부러워한다면 더더욱 좋은 삶이 될 것이다.

(2012)

리강의 열쇠

오래 전 중국의 남부 계림을 여행한 적이 있는데 그곳에 있는 첩채산(疊彩山)에 올랐던 기억이 난다. 바위산인데 계단이 아주 많았다. 산꼭대기에는 돌기둥이 여러 개 세워져 있고 그 돌기둥을 이어 쇠사슬이 매어져 있고 또 그 쇠사슬에는 아주 많은 열쇠들이 주렁주렁 매달려 있었다.

관광객들이 열쇠와 자물쇠를 사 가지고 자신의 소원과 함께 그 자물쇠를 쇠줄에 묶어 매어 잠근 뒤, 열쇠는 산 아래로 흐르는 리강(漓江)에 던져 버린다는 것이다. 그렇게 하면 자기네들의 소원이 잘 이루어진다는 것이다. 아마도 그것은 중국의 한 풍속과 관광산업이 어울려 만들어 낸 하나의 해프닝일 것이다.

이처럼 오늘날 시인들의 시에도 자물쇠는 있는데 열쇠를 어딘가에 던져 버려 도저히 그 안을 열 수 없는 시가 있다. 젊은 시인들의 시일수록 더욱 그러하다. 그러나 그건 아니다. 아무리 시가 은유와 상징, 고급한 수사로 이루어진 문장이라 그러지만 어딘가에는 내부를 들여다 볼 수 있는 단서가 있어야 한다.

만약 그렇지 않다면 그것은 지나친 오만이요 만용이다. 독자들을 무시하는 행위다. 시인들은 마땅히 독자를 배려하는 마음을 가져야 한다. 일찍이 프랑스의 소설가 카뮈는 "정확한 문장에는 독자가 모이지만 정확하지 않는 문장에는 평론가가 모인다."고 말했다고 한다. 새겨들을 말이다.

(2012)

글

글을 읽는다는 것은 대단한 일이다. 만약에 글을 읽는 사람이 좋은 글, 울림이 있는 글, 감동적인 글 한 편을 읽게 된다면 그 글을 이해하면서 글쓴이와 유대감을 가질 것이요 위로의 마음을 얻게 될 것이다. 나아가 기쁨을 느끼면서 자신의 처지와 형편에 견주어 치유의 마음을 가질 수도 있을 것이며 끝내는 구원의 단계에도 이를 것이다.

글을 쓴다는 것은 더욱 대단한 일이다. 그가 풀기 어려운 인생의 난제나 위기 앞에 마주쳤거나 인생의 어떤 고비에 처했을 때 글쓰기를 선택했다면 그의 글쓰기는 그에게 탈출구를 제공하는 동시에 터닝 포인트를 줄 것이다. 번번이 내가 그랬다. 통제하기 어려운 감정 문제를 해결할 수 있었으며 인생의 위기에서 나름대로 좋은 방안을 암시받을 수 있었다.

구체적으로 지난 2007년 6개월간의 병원 생활 동안 몸과 마음속에 깊숙이 배인 병원 생활의 우울과 고통, 그 찌꺼기를 글쓰기를 통해서 치유받을 수 있었다. 그해 8월 20일에 퇴원했는데 퇴원하자마자 나는 곧바로 병원 생활을 하면서 얻은 두 권의 노트를 바탕 삼아 한 권의 책을 기획하고 그 책의 집필에 들어갔다. 가족들은 방금 퇴원한 사람이 무슨 엉뚱한 짓이냐고 핀잔을 했다.

그러나 나로선 아니었다. 계속해서 글을 쓰면서 지난 일들을 돌이켜 보고 앞날을 전망할 수 있어서 좋았다. 생의 환희 같은 것이 샘솟았고 삶의 의욕이 더욱 크게 찾아왔다. 그렇게 6개월, 한 권의 책을 완성했을 때 나는 완전히 병원 생활의 그 암울한 터널을 빠져나오는 사람이 되었다. 이 얼마나 좋은 일인가! 글쓰기는 그렇게 대단한 것이다.

(2012)

사람을 좋아한다는 것

세상에 어려운 일이 많지만 사람이 사람을 좋아하는 것처럼 어려운 일도 없지 싶다. 우선은 한 사람이 한 사람을 좋아하는 것으로부터 출발한다. 일방적인 좋아함이 쌍방으로 바뀌어 상호작용이 일어나기도 하고 보다 더 좋은 관계로 발전하기도 한다.

처음 나는 내가 좋아하는 사람은 그들끼리도 좋아하는 관계가 될 줄 알았다. 그것이 애당초 분홍빛 생각이었다. 그래서 그들을 소개해 주었고 가깝게 지내도록 권유했다. 그런데 아니었다. 그들은 끝내 서로가 좋아하는 사람이 되지 못했다. 다만 내 생각 속에서만 그랬을 뿐이다. 오히려 서로 나쁜 감정을 가진 상태가 되어 멀어지고 말았다. 차라리 그들을 내버려 두었더라면 더 좋을 것이라는 생각이 들었다. 후회다.

이렇게 인간과 인간 사이의 일은 까다롭고 어렵다. 그 일로 오랫동안 마음이 불편했다. 그래서 나는 그들을 따로따로 좋아하기로 했다. 이 사람 따로 저 사람 따로 그렇게 말이다. 인간과 인간이 이렇게 서로 좋아하는 일이 어려운 일인가 보다. 그것은 일방적인 외길이고 또 까다로운 외줄 타기 같은 것인가 보다. 이런 일 하나를 두고서도 여간 어려운 일이 아니다.

(2012)

시

일반 독자들 입에서 시가 어렵고 이해가 안 될 뿐더러 접근이 까다롭다는 말이 나온 것은 어제 오늘의 일이 아니다. 더구나 요즘에 발표되는 젊은 시인들의 시들을 읽으면 더욱 그렇다는 말들을 한다. 특히 문학 잡지에 발표되는 시들이 그렇다고 한다. 그래서 독자들은 시인을 떠날 수밖에 없다는 말들을 한다.

여기에는 물론 독자들의 몰이해나 수준 미달 같은 것들이 요인이 될 수도 있을 것이다. 허지만 더 많이는 시인들 편에 있겠지 싶다. 시인들이 시의 본분을 망각해서 그렇다. 어디까지나 시는 짧은 형식의 글이요 많은 내용을 축약해서 쓰는 글이고 될수록 아름다운 언어를 다듬어서 써야 하는 글이다. 그것은 하나의 어길 수 없는 약속이요 전제다. 이것을 시인들 편에서 어겼다는 말이다. 그러니 독자들이 시인을 떠날 수밖에 없는 일이다.

시는 어디까지나 시여야 한다. 시다운 시여야 한다. 그럼 어떻게 쓰는 시가 정말로 시다운 시일까? 이에 대한 분명한 대답은 있을 수 없다. 흔히들 한자로 된 '시(詩)'라는 글자를 파자(破字)해서 "시는 말〔언(言)〕의 절〔사(寺)〕이다."라고 말하는 경우가 있다. 그럴듯한 표현이다. 그래서 어떤 사람은 "시는 경전과 같은 글이어야 한다."라고 말하기도 한다. 이것을 또 어떤 이들은 "시는 말이 절에 들어가는 것이다."라고 말하기도 한다.

절은 스님들의 수행 공간이다. 이러한 절에 말이 들어가면 어떻게 해야 할까? 스님들이 절에 들어가서 하는 일들을 떠올려 보면 좋을 것이다. 스님들이 하는 일로는 우선 참선과 독경과 불경 공부가 있을 것이다. 이런 일들을 할 때 스님들은 될수록 말을 줄인다. 때로는 묵언으로 일관하기도 한다. 그런 의미에서 시인은 말을 다루는 스님이 되어야 하지 않을까?

될수록 말을 줄여야 할 일이다. 긴 문장이나 말을 축약해서 표현해야 할 일이다. 또한 진리에 가까운 말을 하려고 애써야 할 일이다. 이것이 시와 시인이 가진 임무이며 본질이다. 이를 떠날 때 시는 시가 아닌 그 어떤 것이 된다. 오늘날 시인들의 불행은 시인들이 시인 이상이 되려고 하는 데에 있고 시가 시 이상의 것이 되려고 할 때에 있다. 시의 소외와 고적(孤寂) 또한 시가 시 이상의 것이 되려고 하는 데서 오는 것이다. 시가 그 본분에 충실할 때 독자는 저절로 돌아올 것으로 믿는다.

*

"말이 절에 들어가면 시다. 말의 농축이 시다. 끝내 적멸의 세계가 시다. 그런 의미에서 시는 무의 세계, 침묵의 나라를 지향한다."

이것은 어느 날 모임에서 함께한 분이 시에 대해서 들려준 말이다. 상당한 타당성이 있어 여기에 옮기면서 잠시 생각을 해 보기도 한다.

(2012)

소망

간절한 소망. 너무나 간절한 소망이기에 입으로 소리 내어 말로 할 수조차 없는 소망. 다만 그분이 알아들으시고 살그머니 이루어 주실 수는 없을까? 말씀드리지 않는 것까지도 들어 주시지 않을까?

올해도 다시 시들어 가는 봉숭아꽃들을 보면서 생각한다. 돌담장. 돌담장 옆에 서 있는 감나무. 감나무에 주황색 보석으로 익어 가는 감 알들. 돌담장과 푸스스한 감나무와 감 알들 위로 내려앉는 자애로운 눈빛의 따스한 가을 햇빛을 보면서 생각한다.

(2012)

지나친 공손

살아오면서 실수한 일들이 셀 수 없이 많다. 완벽주의자인 양 가장했지만 사람이 어찌 실수 없이 살 수 있을까. 그것은 아주 오래전, 지금부터 20년도 훨씬 전의 일일 것이다. 40대 후반 무렵.

나는 공주교육대학교 부설초등학교 교사로 근무하고 있었다. 그 대학 윤리과 교수 가운데 K교수님이 있었다. 매우 예의가 바르고 조신하신 성격으로 사람을 대함에 있어 소홀함이 없는 분이었다. 길거리나 캠퍼스 안에서 아는 사람을 만나면 고개를 깊이 숙이는 것으로 이름이 나 있었다. 저만큼 K교수님의 모습이 보이면 이쪽에서 지레 정신이 차려지고 짐짓 자세를 가다듬게 되곤 했다.

그러던 어느 날이었을 것이다. 어쩌면 공주 시내 은행에서 볼일을 마치고 은행 문을 열고 밖으로 나왔을 때의 일일 것이다. 은행 앞길에서 그 K교수님과 딱 마주쳤다. 나는 보통 때처럼 K교수님 앞으로 가 깊숙이 허리를 숙였다.

그때 머리에서 불이 번쩍 튀도록 자극이 왔다. "딱!" K교수님의 이마와 내 이마가 정면으로 부딪힌 것이다. 그와 내가 동시에 같은 방향으로 머리를 깊숙이 숙인 것이 화근이었다. 이럴 수가! 나는 얼얼한 머리를 들어올리며 K교수님에게 사과를 해야만 했다.

"제가 너무 고개를 많이 숙여서 죄송합니다."

그건 사과의 말이라고 하기에는 너무나 생뚱맞고 궁색한 변명이었다. 그날 어떻게 K교수님과 헤어져 집으로 돌아왔는지는 기억에 없다. 나나 K교수님이나 무슨 커다란 잘못이라도 저지른 사람들처럼 서둘러 그 자리를 떠났으니까 말이다. 그 뒤부터 우리 두 사람은 길거리나 대학 캠퍼스 안에서 만나더라도 멀리서부터 피하여 다른 길로 돌아가는 사이가 되었다.

'지나친 공손은 오히려 예의에 벗어난다〔과공비례(過恭非禮)〕.'는 옛말이 있다. 결국 그 일이 약이 되었다. 나는 인사할 때에 지나치게 고개를 숙여서는 안 된다는 것을 알게 되었다. 때로는 상대방이 고개를 숙이는 방향을 살피면서 고개를 숙이는 조심성까지 배웠다.

(2010)

사랑, 거짓말

번번이 막막했고 번번이 서러웠다. 번번이 처음처럼 왔고 마지막처럼 갔다. 그러나 떠난 기억은 오래도록 잊혀지지 않았다. 아니, 모든 기억이 생생히 살아 있었다. 한 번 덫에 걸렸으면 다음에는 걸리지 말았어야 하는 건데 다음에도, 그 다음에도 새롭게 찾아오는 사랑을 굳이 피하고 싶지 않았다. 어려서도 그랬고 젊어서도 그랬고 늙어서까지 그랬다.

이걸 어쩌면 좋단 말이냐? 계속해서 찾아오는 사랑 모두가 진짜 같았다면 끝내는 모두가 가짜란 이야기가 된다. 하기사 사랑은 거짓말이라도 참말로 알아듣는 두 사람만의 믿음의 세계, 그 사잇길인지도 모른다. 그래서 참말도 거짓말이 되고 거짓말도 참말이 되는 아라베스크 문양 같은 세상인지도 모른다.

아무리 그것이 그렇다 해도 사랑은 번번이 축복이다. 까닭 없이 안타깝고 구슬프다 해도 사랑은 번번이 감사다. 자기가 누군가를 사랑하고 있다는 것을 아는 것보다 더 행복하고 가슴 벅찬 일은 없기 때문이다. 누군가로부터 자기가 관심의 대상이 된다는 것보다 더 가슴 따뜻하고 고마운 일은 없기 때문이다.

사랑이 비록 거짓말이요 순간이요 허황된 꿈일지라도 사랑을 가슴에 품고 인간은 맘껏 꿈꾸고 맘껏 거짓말하고 맘껏 기뻐하고 맘껏 행복해질 일이다. 사랑은 순간적으로 인간을 완전하게 만들어 준다. 신도 이런 점에서는 인간을 기꺼이 용납해 주실 것이다.

지나간 모든 사랑에게 감사하고 다시 찾아올 모든 사랑에게 또한 경의를 표한다. 사랑이여, 영원하라. 사랑했던 마음이여, 그대 비록 힘겹고 비틀거릴지라도 아름다워라. 누군가의 인생이여, 사랑과 더불어 한없이 작아지고 누추해지겠지만 턱없이 그윽해지고 깊어지고 향기로워질 일이다.

(2013)

시를 쓰고자 하는 소년에게

무엇보다도 사랑하는 마음을 가질 일이다. 사랑한다는 것은 내 입장에서 나 좋은 대로만 생각하고 행동하는 것이 아니고 다른 사람의 입장에서 생각하고 바라보고 듣고 그러는 것을 말한다. 그렇게 함으로써 세상을 보다 깊고 아름답게 섬세하게 바라볼 수 있는 눈과 귀가 열린다.

그뿐만 아니라 사랑하는 마음을 가지면 나 자신까지도 객관적으로 바라볼 수 있는 안목이 생긴다. 나는 또 하나의 타인이다. 그렇게 되면 모든 것들이 안쓰럽고 눈물겹고 불쌍하게 여겨질 것이다. 말랑말랑해질 것이다.

그 마음자리가 바로 시가 씨앗을 내려 싹이 트고 자라는 자리, 꽃이 피고 열매 맺는 자리다. 절대로 사랑하는 마음 없이는 시를 쓸 수가 없다. 아니 시가 찾아오지 않는다. 나아가 사랑하는 마음이 겸손한 마음을 낳고 겸손한 마음이 부드러운 마음을 낳는다. 이 겸손한 마음, 부드러운 마음이 시를 키우는 또 하나의 원동력이다.

사랑하는 마음은 사람에게만 한정되는 건 아니다. 그 마음은 이 세상 만물로 확대 발전될 수도 있다. 풀이나 나무, 꽃, 풀벌레, 새, 나아가 흰 구름이나 물소리, 바람과 같은 자연현상까지도 사랑하는 마음이 가 닿을 수 있다. 그렇게 되면 그들은 사람과 같은 인격체로 바뀌고 동일시 현상이 일어나고 의인법의 대상이 된다.

의인법. 사람이 아닌 대상을 사람처럼 생각하고 표현하는 방법. 의인법 안에서 모든 사물은 생각하고 말하고 듣고 행동하며 인간과 동격이 되고 나아가 인간과 더불어 호흡하고 대화를 나누게 된다. 여기에서 우주 만물이 소통하게 되고 한 가족이 되며 원융(圓融)한 세상을 이룬다. 이것이 바로 시가 바라고 꿈꾸는 세상이고 하나의 비밀이다.

(2012)

사랑을 받는다는 것

사랑은 내가 받고 싶어서, 내가 원해서 받는 것이 아니다. 그것은 오로지 사랑하는 쪽에서 원해서 내게로 오는 영혼의 빛과 같은 것이다. 통제 불능이고 불가항력 같은 것이다.

그것은 전적으로 정신적인 것이고 타의적인 것이고 신비한 것이다. 그것은 신의 음성처럼 세미(細微)하게 다가왔다가 사라지는 그 무엇이며 하나의 기적이요 피할 수 없는 축복이기도 하다.

(2013)

행복

행복이 무어냐고 물었을 때, 한 목소리로 리치(rich)라고 말할 때가 있었다. 한참 뒤에 두리번거리면서 케어(care)라고 말하다가 다시 조금 뒤에는 조그만 소리로 웰빙(well-being)이라고 말하다가 이제는 한숨을 쉬면서 힐링(healing)이라고 말한다. 그러나 나는 다만 "살아 있음이 행복"이라고 말을 한다.

(2013)

사랑이 존재다

세상 모든 것들은 사랑해 주고 감격해 주는 사람의 것이다. 아무리 아름다운 풍경이 눈앞에 있다 하더라도 사랑해 주지 않고 감격해 주지 않으면 없는 것이나 마찬가지다.

산이라면 산. 하늘이면 하늘. 꽃이나 풀이나 나무, 풀벌레, 새소리 하나에 이르기까지 사랑해 주고 감격해 주면 그 사람의 것이 된다.

감격하자. 사랑하자. 사랑도 연습이고 감격도 학습이 필요하다. 사랑해 주고 감격해 주면 세상 모든 것들이 우리의 것이 된다. 사랑이 존재를 있게 한다. 사랑이 존재이고 존재가 바로 사랑이다.

(2012)

사랑이 힘이다

우리들 육신의 생명을 준 분은 부모이고 영혼의 생명을 준 분은 하나님이지만, 날마다 육신의 생명을 유지하게 하는 것은 물과 공기와 음식물이고 영혼을 먹여 살리는 것은 주변에 있는 사물과 사람에 대한 사랑이다.

아무리 육신이 건강하고 완전하다 하더라도 사랑이 없으면 완전한 인간이 되지 못한다. 내가 누군가를 사랑하고 누군가로부터 사랑을 받는다는 것은 매우 막강한 생명의 에너지를 제공한다.

사랑을 하게 되면 새로운 인간이 된다. 생활이 새로워지고 생각이 싱그러워지고 순간순간 감각이 소생한다. 그런 의미에서 사랑도 하나의 힘이다. 에너지다.

사랑을 하는 것만으로도 우리는 충분히 파워풀할 수 있고 또 행복한 인간이 될 수 있다. 날마다 내가 사랑해 마지 않는 모든 사람들, 모든 사물들에게 감사하는 이유가 여기에 있다.

(2012)

사랑은 선물이다

꼭 예뻐서만 사랑하는 것은 아니다. 잘나서만 사랑하는 것은 더욱 아니다. 오히려 예쁘지 않아서, 잘나지 않아서 사랑하는 것이다. 결코 사랑은 자랑이나 예쁜 것에 오래 머물지 않는다. 그 이상이다. 오히려 사랑은 안쓰러움의 누이동생이고 슬픔의 이웃이다.

그의 모자람과 어리석음과 그의 어여쁘지 않음이 한사코 마음을 붙잡고 놓아주지 않는 것이다. 차라리 깊숙이 패인 상처, 그의 무명(無明)과 결함이 사랑을 불러온다. 그의 모자람을 채워 주고 싶은 마음이 끝내 사랑이다.

사랑은 선물이다. 누군가로부터 공짜로 받는 가장 값진 보석이다. 사랑은 무상의 헌신이다. 보답을 바라고 주는 마음이라면 그것은 이미 사랑이 아니고 거래다. 사랑은 꿈이다. 순간의 영원. 순간의 진실. 순간의 마음이 영원토록 이어지기를 바라는 안타까운 소망이다. 인간에게 사랑보다 더 소중한 꿈은 없다. 더 큰 기쁨, 더 완전한 행복은 없다.

신의 사랑도 마찬가지다. 인간이 예뻐서만 잘나서만 사랑하시는 건 아니다. 오히려 미욱하고 답답하고 실수투성이인 인간이기 때문에 사랑하시는 것이다. 인간이 그 인생을 엎었을 때, 넘어져서 일으켜 주기를 바랄 때, 간절히 손을 내밀 때 안쓰러운 마음으로 손을 붙잡아 일으켜 주신다. 그것이 더욱 깊은 신의 은총이요 사랑이다. 사랑은 신이 불완전한 인간을 위해 마련하신 더없이 귀한 선물이요 약속이다.

(2013)

슬프다와 서럽다

슬프다. 하루해가 지는 것. 키우던 강아지가 죽은 것. 더구나 아이가 죽거나 가족이 죽은 것. 실연. 사업 실패. 실직. 목표가 확실하고 이유가 분명한 상실.

서럽다. 다른 사람들 즐겁게 떠들며 이야기하는데 혼자서만 우두커니 앉아 있는 것. 저희들끼리만 술잔 나누고 이쪽에는 관심 없을 때. 한잔 술에 눈물 난다는 말도 있음. 하루하루 늙어 감. 점점 떨어지는 기억력. 멀어지는 친구들 소식. 오래 살고 돌아간 부모님인데도 제 설움에 목을 놓는 딸의 울음. 대상이 분명치 않고 외연이 넓은 슬픔. 소외감. 하소연. 푸념. 왠지 그런 마음.

*

'슬프다'와 '서럽다'를 아직도 구별하지 못한다면 당신은 아직 시인이 아니다.

(2012)

인생이란 것

이정아 선생님. 건강이 조금씩 좋아지면 더 좋은 날이 올 것입니다. 하나님은 늘 우리에게 좋은 것을 주시고 싶어 하는 하나님이십니다. 그것을 굳게 믿어야 합니다. "인생여백구과극(人生如白駒過隙) - 인생이란 흰 망아지가 문틈으로 달려가는 것을 얼핏 보는 것과 같다." 중국 고전 『장자』에 나오는 말입니다. "초로인생(草露人生) - 풀잎 끝 이슬 같은 것이 인생이다." 옛말이지만 새삼 가슴에 와 닿는 말입니다. 겨우 한글로 된 옛날이야기 책을 읽을 줄 아시던 외할머니는 또 제가 어렸을 때 "호박은 늙으면 맛이나 있지 사람은 늙으면 보기만 싫어야." 하고 자주 말씀하시곤 했습니다. 그럴 때마다 무슨 소린지 몰랐고 듣기 싫다 했는데 이제와 생각해 보니 그 말씀이 모두 옳은 것 같습니다.

이정아 선생님. 그것이 정말 그렇다 해도 우리네 인생은 아름답고 사랑스럽고 충분히 가치 있다고 생각합니다. 어제는 충남 청양, 오늘은 전북 군산에 가서 학생들을 만나 이야기했는데 아이들이 너무나 사랑스럽고 예쁘고 희망적이었습니다. 그 아이들한테 이야기하러 갔다가 제가 오히려 감동을 받고 돌아오곤 했지요. 감사한 일입니다. 그래서 저는 아이들에게 엔도르핀(기쁨)에 대해서, 다이돌핀(감동)에 대해서, 세로토닌(감사)에 대해서, 도파민(친밀감)에 대해서 이야기를 해 주지요. 우리는 충분히 사랑받을 가치가 있는 사람들이고 예쁜 사람들이고 우리는 모두가 가능성이 있는 사람, 희망이 있는 사람들이고 내일엔 분명 좋은 일이 우리에게 있을 것이라고 말해 주면 아이들이 그렇게 좋아할 수가 없지요.

그래서 저는 그때마다 거꾸로 감동을 받고 눈물을 글썽이곤 하지요. 아, 저 아름다운 젊은 아이들에게 신이여, 축복하소서. 아름다운 날, 즐거운 날, 행복한 날들을 허락하소서. 기도드리곤 하지요. 오늘도 군산에 있는 외국어고등학교에 가서 학생들한테 많은 감동을 받고 돌아와 이제 좀 쉬려고 그럽니다. 이정아 선생님. 일단 귀국하셨으니 편안히 몸과 맘 추스르고 한동안 쉬시기 바랍니다. 지금까지 이 선생님을 이끌고 오신 하나님, 축복하신 하나님께서 분명 눈감지 않으시고 끝까지 책임지시고 지켜보면서 좋은 길로 인도하실 것을 믿습니다. 오늘은 멀리 이정아 선생님과 나의 하나님 이름으로 기도합니다. 아멘.

(2013)

차선의 인생

사람들은 최선을 좋아한다. 무엇이든 자기가 제일 앞자리여야 한다. 제일 잘나야 한다. 칭찬 일변도여야 한다. 그래야 직성이 풀린다. 그런 경향은 최근 우리들에게 더욱 심한 경향이다. 예전엔 그래도 유교적 윤리관에 따라 조절이 가능했었다. 반상(班常)과 같은 사회계층도 존재했겠지만 개인적인 인간관계에 있어서도 장유유서(長幼有序)와 같은 잣대가 있어서 나름대로 질서가 주어졌었다.

그러나 요즘은 아니다. 누구나 앞자리가 아니면 만족하지 못한다. 그것은 자존심으로까지 작용한다. 아이들을 키울 때도 오직 1등만 하라고 부추긴다. 그러니 아이들이 얼마나 고달프겠는가. 실상 1등의 자리는 매우 불안하고 불행하기까지 한 자리다. 어찌 2등이나 꼴지가 없는 1등이 가능하겠는가.

나 자신도 아이들을 키울 때 최선을 다하라고 권유한 사람 가운데 한 사람이다. 그렇지만 대학에 보낼 때만은 차선의 대학이나 학과를 선택해서 보냈다. 최선이란 것이 좋기는 하겠지만 때로는 고달프고 불행하기까지 하다는 걸 충분히 알기 때문이었다. 그 결과, 우리 집 아이들은 비교적 대학 생활을 수월하게 여유롭게 했을 뿐더러 자기가 하고 싶은 일들을 두루 경험하면서 졸업하는 것을 보았다.

차선(次善), 차선의 선택이 그렇게 좋은 것이다. 우리네 인생도 늘 최선만을 고집하면서 살 필요는 없다고 본다. 좋기로야 물론 최선이 좋겠지만 때로는 차선으로 만족할 줄 아는 지혜가 필요하다고 본다. 차선에는 최선이 따라가지 못하는 겸손이 있고 말랑말랑함이 있다. 부드러운 여유도 있다. 어쩌면 우리가 진정 행복에 이르는 길은 차선의 선택이나 결과에 만족할 줄 아는 마음이 아닐까 싶다.

(2012)

세 가지 소원

청소년 시절 나에게는 세 가지 소원이 있었다. 첫째는 시인이 되는 것. 두 번째는 예쁜 여자와 결혼하는 것. 세 번째는 공주에서 사는 것. 왜 그런 소원을 가지게 되었는지 모르겠다. 느낌에 끌렸을까? 아니면 무엇인가에 홀렸을까? 어쨌든 그것은 운명적인 항목들이었다.

살아오면서 나는 늘 그 세 가지 소원을 가슴에 안고 내려놓지 않았다. 우선은 1971년도에 신춘문예를 통해 시인으로 등단했으니 첫 번째 소원이 달성된 셈이고, 이어서 1973년도에 지금 살고 있는 아내 김성예와 결혼하여 아들과 딸을 낳았으니 비록 예쁜 여자는 아니라 해도 두 번째 소원이 이루어진 셈이고, 역시나 1979년도부터 공주에 와서 살고 있으니 일찍이 세 가지 소원을 모두 이룬 셈이다.

사람들은 그렇지 모른다. 무슨 소원이 그렇게 시시하냐고! 그러나 나는 결코 그렇게 생각지 않는다. 첫째는 자기가 되고 싶은 나에 대한 소원이다. 둘째는 함께 살면서 가정을 이루고 싶은 사람에 대한 소원이다. 그리고 셋째는 자기가 살고 싶은 고장에 대한 소원이다.

이렇게 세 가지 소원으로 해서 나의 인생의 패턴이 일찍부터 결정되었고 그것이 성취되었던 것이다. 이보다 더 큰 소원이 어디 있으며 이보다 큰 인생의 성공이 어디에 있겠는가.

그러나 나는 이 가운데서 첫 번째 소원인 시인이 되는 소원만은 아직도 제대로 이루지 못했다고 인정하면서 산다. 쓰면 쓸수록 더욱 미달감을 주는 시. 가고 가도 끝이 보이지 않는 시인의 길. 생명이 다하는 날 나는 이 소원을 비로소 이루었노라 말할 것이다.

(2012)

빌려 준다와 준다

빌려 주는 것과 주는 것은 분명히 다르다. 빌려 주는 것은 언젠가 돌려 받을 것을 전제로 주는 것이고, 주는 것은 아주 물건의 주인이 바뀌는 것이므로 돌려받지 않아도 되는 상태로 주는 것이다. 나는 우리 집 아이들이 어렸을 때 책을 빌려 달라고 하면 꼭 돌려받을 기한을 정하고 빌려 주곤 했다.

간혹 그 책을 다 읽지 못했을 경우에는 일단 나한테 가져온 다음 다시 날짜를 정하고 빌려 가도록 했다. 그렇게 읽은 책 가운데 마음에 드는 책이 있다면 따로 책을 한 권 사서 주기도 했다. 이렇게 해서 나는 우리 아이들에게 내 것인 것과 내 것이 아닌 것을 구별할 줄 아는 마음을 갖도록 했다.

(2012)

선망과 질투

선망과 질투는 비슷한 감정이긴 하지만 많이 다른 감정이다. 우선은 나보다 나은 상대에 대한 감정이란 점에서 비슷하다. 그렇지만 거기에 대한 대응 방식은 사뭇 다르다 할 것이다.

선망은 나보다 나은 상대에 대해서 부러워하면서 그처럼 되려고 하는 마음이다. 일테면 까치발을 딛으면서 키가 작은 사람이 키 큰 사람을 따라가는 마음이 선망의 마음이다. 그렇지만 질투는 아니다. 나보다 나은 사람을 부러워하기는 하되 그를 어떻게든 트집 잡고 끌어내리려는 마음이 질투의 마음이다.

오늘날 우리들 사회가 이토록 무질서하고 혼탁한 것은 우리들 자신이 선망과 질투의 마음을 구별하지 못한 탓이요, 선망보다는 질투로 문제를 해결해 온 결과가 아닌가 싶다. 모름지기 나보다 나은 사람에게는 부러운 마음을 가지면서 그처럼 되고 싶어 하는 노력이 있어야 한다고 생각한다.

그렇다. 나는 지금도 나보다 좋은 시를 쓰는 시인을 만나면 그를 질투하지 않고 선망하려고 노력한다. 조금이라도 그를 닮아가는 것은 언제든지 고맙고 좋은 일이 아니겠는가.

(2012)

비교하지 말자

사람은 누구나 특성이 있다. 한 사람 한 사람 모두가 다른 것이 사람이다. 만약 다르지 않다면 그것이 더 문제다. 인간이 인간인 것은 모두가 다르기 때문에 인간인 것이다. 사람이란 점에서 같지만 개성이란 점에서 모두가 다른 것이다.

그런데 가끔 우리는 나의 것을 다른 사람의 것과 비교하고 싶어 한다. 눈에 보이는 것에서부터 눈에 보이지 않는 것들에 이르기까지 비교하기를 좋아한다. 비교에는 차이점이 나오도록 되어 있다. 우열이 있게 마련이다.

만약 나의 것이 타인의 것과 비교하여 나을 때는 기분이 나쁘지 않을 것이지만, 나의 것이 타인의 것보다 모자랄 때는 분명 기분이 나빠질 것이다. 그러므로 나의 것과 타인의 것을 비교할 일이 아니다. 어디까지나 나의 것은 나의 것이요 타인의 것은 타인의 것이다.

자꾸만 비교하는 데서 불행한 마음이 온다. 자존감에 상처를 입을 수도 있다. 비교하는 마음은 불행감의 원인이 된다. 인간은 서로 다르기 때문에 인간이란 것을 미리부터 알면서 될수록 비교하지 않으려는 마음가짐이 필요하다. 그것이 인생을 자신 있게 사는 방법 가운데 하나다.

(2012)

참 좋은 때

결혼식 주례를 맡았을 때 내가 신랑 신부에게 자주 당부하는 말 가운데 하나가 "좋은 때가 좋은 때임을 알고 살아가는 사람이 참으로 현명한 사람이다."란 말이다.

우리는 자칫 어리석기도 해서 자기가 분명히 좋은 때를 살고 있음에도 불구하고 그때가 좋은 때임을 알지 못하는 수가 있다. 자각이 없고 깨달음이 없기 때문이다. 여기서 마음의 눈을 크게 뜨고 자신을 돌아보고 자신의 실체를 발견해야 한다.

나는 지금 어떤 때를 살고 있는가? 나의 모습은 과연 어떤가? 마음이 맑은 사람이라면 자신한테서 많은 좋은 점들을 찾아낼 것이다. 그러면서 환희를 갖게 될 것이며 진실로 자기가 좋은 때를 살고 있음을 알게 될 것이다.

하기는 결혼식장의 젊은이들만 좋은 때를 사는 건 아니다. 나이 먹은 사람도 충분히 좋은 때를 살고 있다고 믿으면 좋은 때가 된다. 문제는 생각의 차이다. 자기가 좋은 때를 산다고 생각하면 좋은 때가 되는 것이고 그렇지 않다고 생각하면 그렇지 않은 것이다.

나 자신 나이를 꽤나 먹은 사람이긴 하지만 나는 지금도 내 자신이 참 좋은 때를 산다고 생각한다. 어찌 살아 있는 사람으로서 하루하루 한 시간인들 참 좋은 때가 아니고 무엇이란 말인가!

(2012)

기적의 사람

나는 한때 매우 위태로운 환자였다. 쓸개 줄에 박힌 돌이 너무 크게 자라는 바람에 쓸개 줄이 터져 쓸개 물이 뱃속으로 쏟아져 나와 복막염을 일으킨 것이다. 병명은 담즙성 범발성 복막염. 이름도 까다롭고 낯선 병. 살아날 확률이 1퍼센트 정도였다고 한다.

그것은 실상 생존 확률도 아닌 수치였다. 어떤 의사는 10만 명 가운데 한 명 꼴이라고 말해 주기도 했다. 그렇다면 내가 사는 공주 사람들이 모두 똑같은 병으로 그렇게 되었다가 한 명만 살아남아야 하는 그런 확률이었다.

대학병원 중환자실에 있는 보름 동안 얼마나 아파서 이를 갈았는지 나중에 퇴원하여 치과를 찾았을 때 의사는 아래위의 이가 맷돌처럼 나란히 갈려 있다고 말해 주었다. 육신의 고통으로 해서 역시 보름 동안 한숨도 잠을 이루지 못했다. 또 105일 동안 목구멍으로 물 한 모금 넘기지 못하고 주사 줄에 매달려 연명을 해야만 했다.

게다가 복막염이 발전하여 가장 까다롭다는 장기인 췌장을 75퍼센

트나 녹였으며 그 주변으로 염증이 생기는 바람에 패혈증의 위협 속에서 의사들조차도 감당할 수 없다는 말을 자주 들었다. 암보다도 탈출하기가 어려운 병이라는 말도 들었고, 남은 날들 일분일초를 아껴서 살라는 말도 들었다.

오직 기대하는 것은 자생력뿐. 한국 제일의 병원에서조차 절망하고 포기한 환자였다. 그런데 살아났다. 좋은 병원과 우수한 의료진, 가족들의 간호와 주변 사람들의 간구. 거기다가 신의 가호가 분명 있었다고 믿는다. 그렇지 않고서는 가능한 일이 아니었다. 한 가지 더 보탠다면 본인이 살고자 했던 의지력이 있었을 것이다.

그 어떤 상황, 그 어떤 아픔 속에서도 결코 죽지 않고 싶었다. 아픔에 지고 싶지 않았다. 끝까지 버텼다고 생각한다. 그러니 한순간도 정신을 놓지 않았을 것이다. 어쩌면 그것은 아픔과 정신과의 대결이었고 육신과 영혼의 맞섬이었다. 어쩌면 나에게 그런 강인한 정신력이 있었던가 스스로도 믿기지 않을 정도였다.

병이 나아 퇴원 판정을 받았을 때 나는 병이 나은 것도 기뻤지만 무엇에겐가 크게 이겼다는 느낌이 들었고 누군가로부터 커다란 보살핌을 받고 있다는 생각 때문에 더욱 기쁜 마음이었다. 더할 수 없이 마음이 안온하고 가득했다. 마치 커다란 보자기나 광주리에 내가 싸안겨 있다는 느낌이랄까, 그런 것이 나를 휩싸 안았다.

기적이 나를 지나갔다! 아, 나는 기적의 사람이다! 소리치고 싶은 충동이 일었다. 생각해 보면 누군들 기적이 아닌 사람이 없다. 다만 그 사람 자신이 자신의 기적을 몰라서 그럴 뿐이다. 우리는 하루하루 기적의 사람들이고 순간순간 기적의 사람들이다. 그것을 찾아내고 믿는 것이 사람마다 그의 몫이다.

(2012)

앵그리와 헝그리

젊은 시절, 중요한 마음의 재산은 앵그리(angry)와 헝그리(hungry)다. 앵그리는 그에게 사회적 정의감을 갖게 할 것이요, 헝그리는 또 개인적 성취 의욕을 줄 것이다. 이 두 가지 요인으로 하여 그는 팽팽하면서도 미래 지향적인 인간으로 바로 설 수 있다. 앵그리와 헝그리는 젊은이를 끌고 가는 두 개의 바퀴요 두 개의 동력이라 할 만하다.

그런데 나의 젊은 시절은 어땠을까? 다소간 앵그리가 없지는 않았겠지만 나는 헝그리 쪽이 강했던 사람이다. 무엇이든 부족했고 갈급했고 또 누추하기만 했던 나의 청춘. 그 부족함과 갈급함과 누추함이 오늘의 나를 만들었다. 이제만이라도 그 반대쪽으로 좀 살다 갔으면 싶은 마음이다.

(2012)

피보다 진한 것

“피는 물보다 진하다.”라는 말이 있다. 인간관계, 혈육 관계의 소중성을 밝히는 말이다. 그러나 나는 여기에 더하여 “피보다 진한 것은 시간이다.”라고 말하고 싶다. 아무리 혈육이나 가족 관계가 소중하지만 함께한 시간이 긴 것만큼 소중하지 않다는 것을 말하고 싶어서 하는 말이다. 그야말로 낳은 정보다는 기른 정이 더 큰 것이다.

그럴 바에는 어찌 한평생 시간을 함께한 아내나 남편을 다른 그 어떤 사람과 비교하겠는가. 자식이나 부모, 형제, 직장 동료, 오랜 친구 또한 그 어떤 것으로 대체할 수 있다 하겠는가. 오래되어 비록 헐겁고 신선미가 많이 떨어지겠지만 소중한 가치는 역시 소중한 가치다. 이러한 소중한 가치를 잊지 않을 때 우리네 인생 또한 소중한 인생으로 돌아오는 게 아닌가 싶다.

(2013)

빨리빨리 천천히

서양에 여행 가 보면 우리 한국인들을 가리켜 외국인들이나 아이들이 "빨리빨리"라고 말할 때가 있다. 그동안 한국인들이 집단적으로 여행 다니며 자기네들이 하는 말을 듣고 기억해 두었다가 하는 말일 것이다. 말하자면 '빨리빨리'는 한국인을 가리키는 대명사 같은 것이 되어 버린 것이다.

'빨리빨리.' 한동안은 이 '빨리빨리'가 우리를 먹여 살렸다. 하나의 덕성이기도 했다. 제한된 공간과 시간 그리고 자원 안에서 오직 살아남을 방법은 이것밖에 없던 것이었다. 그래서 '빨리빨리'는 우리들 삶의 지상 목표가 되기도 했고 구원투수가 되기도 했다.

그러나 지금은 아니다. '빨리빨리'가 가져온 부실과 과오를 충분히 알고 있기 때문이다. 그렇다고 무한정 '천천히 천천히'만 부르짖을 수는 없는 노릇이다. 조정이 필요하고 특성화가 있어야 한다고 생각한다. 그래서 나는 여기서 '빨리빨리 천천히'를 생각해 본다.

그렇다. '빨리빨리 천천히'가 내 삶의 방식이다. 신속하게 처리해야 할 문제는 '빨리빨리' 처리하고 '천천히' 처리할 문제는 또 그렇게 하자는 얘기다. 가끔은 가족들조차 나의 행동이나 생각에 의문을 갖는 경우가 있다. 저 사람이 왜 저러나? 그럴 때가 있다.

나에게는 일을 만났을 때 처리하는 순위가 있다. 그것은 일의 완급과 경중에 따라 결정된다. 1순위는 급하고 중한 일. 2순위는 급하고 경한 일. 3순위는 완하되 중한 일. 4순위는 완하고 경한 일. 될수록 4순위에는 시간을 주려고 하지 않는다.

1순위와 2순위와 4순위의 문제들은 주로 생활상의 문제들이다. 여기서 3순위만이 정신적인 문제와 영혼적인 문제에 관여한다. 나아가 자아실현에 해당되기도 한다. 대개 성공한 사람들은 이 3순위를 늘 잊지 않고 실천하는 사람들이다.

앞에서 말한 바, '빨리빨리'는 1순위와 2순위의 일들이다. 그리고 '천천히'는 3순위의 일들이다. 나는 3순위의 일을 열심히 하기 위해 생활 사태에서 만나는 일들을 빨리빨리 처리한다. 그리고 남는 시간은 3순위의 일에 천천히 봉사한다. 나의 시 쓰기와 종교 생활이 바로 여기에 해당된다.

(2012)

책을 주는 순서

나는 주변 사람들에게 내가 지은 책을 주기를 좋아한다. 그렇지만 거기에도 원칙이 없는 것이 아니다.

첫째는 준 사람에게 또 준다. 이것은 내가 다른 사람을 생각하고 생각하는 방식이기도 하다. 가령 빗방울이 바위에 떨어진다고 치자. 이때 빗방울이 바위의 이곳저곳에 흩어져 떨어지게 된다면 결코 자국을 내지 못할 것이다. 한 지점에 집중적으로 떨어질 때 자국이 날 것이다. 인간관계도 그렇다. 집중적으로 만나고 집중적으로 대하고 집중적으로 생각할 필요가 있다. 이런 입장에서 나온 생각이 책을 준 사람에게 또 준다는 것이다.

둘째는 될수록 젊은이에게 책을 준다. 나보다 나이가 많은 사람에게 주는 것을 될수록 피하도록 한다. 이 문제도 실리적이고 현실적인 안목이 깔려 있다. 생각해 보라. 나도 나이 먹은 사람이라 남한테 책을 받으면 읽지 못하고 쌓아 두는데 나보다 더 나이 먹은 사람에게 책을 주어서 어찌하겠다는 말인가. 여기에는 젊은 세대들을 귀히 알고 받드는 나의 마음도 들어 있다. 공자께서도 "후생(後生)이 가외(可畏)라." 하시지 않았는가.

셋째는 달라는 사람에게 준다. 책이든 물건이든 일이든 원하지 않는 사람에게 주었을 때 그것은 무용지물이 된다. 책을 주었는데도 받았다고 얘기하지도 않고 고맙다고 하지도 않고 읽지도 않는 사람은 책 주는 명단에서 당장 빼내야 한다. 그것이야말로 호수 물에 돌 던지기같이 부질없는 일이다. 마땅히 책을 읽었다고 말하는 사람에게 주어야 한다. 한 사람일지라도 그 사람이 진정한 독자다. 달라고 졸라 대는 사람에게 주어야 한다. 그가 나의 최후의 일인이다. 성경에도 "천국은 침노(侵擄)하는 사람의 것"이라 했다.

(2012)

「풀꽃」 시 · 1

내 작품 가운데 「풀꽃」이란 시는 나에게 참 특별한 작품이다. 겨우 다섯 줄밖에 안 되는 짧은 시. 글자 수도 얼마 되지 않거니와 이걸 행을 줄이면 세 줄이 될 수도 있으니 참 단출하고 소박한 시라고 할 수가 있겠다. 그러나 독자들로 향하는 영향력은 상당한 것 같다.

인터넷 검색란에 '나태주'라고 내 이름을 쳐 넣으면 아예 '나태주' 다음에 '풀꽃'이란 말이 따라붙을 정도요, 블로그나 카페에 인용된 것을 보면 놀라울 정도다. 이제는 아예 나를 대놓고 '풀꽃 시인'이라고 할 정도다. 내가 그동안 공들여 쓴 작품들이 참 많은데 왜 이 작품한테만 유독 이러는지 모르겠다. 조금은 섭섭하기도 하면서 다행이다 싶기도 하다.

내가 처음 이 작품을 쓴 것은 (기록을 찾아보면) 2002년 5월 9일의 일이다. 그 당시 나는 공주시의 한 초등학교(상서초등학교)의 교장으로 일하고 있었는데 목요일마다 오후에 특기 적성 교육 시간이란 것이 있었다. 전교생 100명 내외의 소인수 학교였기 때문에 3학년부터

6학년까지 아이들을 무학년으로 반을 편성하여 자기가 원하는 반에 들어가 공부하게 하는 그런 형식이었다.

그런데 어느 반에도 들어가지 못하는 아이들이 있었다. 그 아이들을 모아 교장실에서 내가 가르치기로 했다. 가르친다고 하기는 했지만 그건 실상 함께 시간을 보내는 일에 지나지 않았다. 나는 아이들에게 책을 나누어 주고 읽게 하기도 하고 이야기를 해 주기도 하고 글을 짓게 시키기도 했다. 그러나 아이들은 점점 그 모든 것에 싫증을 느끼며 지루해하는 눈치를 보였다.

어쩔까? 생각 끝에 나는 아이들을 데리고 밖으로 나가 학교 정원에서 풀꽃 그림을 그리게 했다. 풀꽃 그림 그리기는 내가 외로울 때나 시간의 여유가 있을 때나 또 시가 잘 안 써질 때 자주 시도하는 나만의 수련 방법이기도 하다. 우선 아이들에게 복사지 한 장씩을 나누어 주고 거기에 풀꽃 그림을 그리라고 주문했다.

근무하던 학교 정원에는 마침 늦은 봄철을 맞아 여러 가지 풀꽃들이 많이 피어 있었다. 민들레, 제비꽃, 봄맞이, 밥보재, 큰골풀, 꽃마리, 고이시앙, 씀바귀 등. 더러는 내가 이름을 알지 못하는 풀꽃들도 있었다.

"얘들아, 여기에 이렇게 예쁜 풀꽃들이 많지 않느냐? 이런 풀꽃들 가운데 하나를 골라서 그림을 그려 보자."

아이들은 성미가 급하다. 망설이지 않는다. 내 말이 떨어지자 마자 종이에 쓱쓱싹싹 그림을 그려 넣는다.

그러나 아이들의 풀꽃 그림은 매우 엉성하고 실제의 풀꽃과는 많이 닮아 있지 않다. 저희들이 그동안 머릿속에서 생각하고 있던 그 어떤 상념 같은 것을 표현해 놓은 것일 뿐이다. 그건 아이들만 그런 게 아니라 어른들도 마찬가지. 사람들은 어떤 사물에 대해서도 고정관념이랄지 선입견이랄지 그런 걸 가지고 있다. 일종의 사고의 틀, 개념 같은 것이다. 그러나 이것은 실지와는 많이 다르게 되어 있다.

재빨리 그림 그리기를 끝낸 아이들이 주위로 모여든다. 그러면서 내가 풀꽃 그림 그리는 걸 보면서 묻는다.

"교장 선생님, 어떻게 하면 풀꽃 그림을 잘 그릴 수 있어요?"

"그건 말이다, 우선 여러 개의 풀꽃 가운데 자기 맘에 드는 풀꽃 한 개를 찾아내는 것부터 시작해야 한단다. 그리고서는 그 풀꽃을 자세히 보아야 하고 오랫동안 보아야 한단다. 그러면 풀꽃이 예쁘게 보이고 사랑스럽게 보이지."

얘기를 마치고 아이들을 바라본다. 뭔지는 잘 모르겠지만 열심히 내 이야기를 듣고 있는 아이들이 여간 귀엽고 예쁘고 사랑스러운 게 아니다. 저도 모르게 나는 한마디한다.

"그건 너희들도 그렇단다."

마음속에 쩌르르 하는 감흥이 온다. 바로 이거다. 아이들이 그린 풀꽃 그림을 모두 거두어 가지고 교장실로 들어온 나는 지금까지 아이들과 나눈 대화를 종이에 쓴다. 그렇게 해서 「풀꽃」 시가 되었다.

(2012)

「풀꽃」 시 • 2

처음 「풀꽃」이란 시는 서울의 어느 시 잡지에 발표하고 2005년 발행된 시집 『쪼끔은 보랏빛으로 물들 때』란 시집에 수록되었다. 맨 처음 이 시를 좋게 보아 준 사람은 이해인 수녀시인이다. 이해인 수녀시인은 자신의 글 속에 이 시를 인용하면서 좋은 시로 소개해 주었다. 그다음 개인적으로 이 시를 좋다고 평가해 준 사람은 문학 평론가 김재홍 교수다.

그런 뒤 한동안 여러 사람에 의해 이야기되다가 이 시가 집중적으로 주목을 받은 것은, 교직 정년을 앞두고 제자들에게 선물하고 싶어서 그동안 쓴 시들 가운데서 학생들이 읽었으면 좋을 성싶은 작품들만 모아 거기에 짤막한 산문을 곁들여 낸 『이야기가 있는 시집』이란 책의 출간 이후부터다.

이 책으로 해서 많은 독자들이 「풀꽃」 시를 접하는 기회가 생기게 되었다. 그뿐더러 이 책으로 해서 여러 편의 시가 초 · 중등학교 국어과 교과서에 실리는 계기가 되었다. 이 책에 실린 시 가운데서 「풀꽃」

이 초등학교 2학년 국어과 『읽기』 교과서에 수록되고, 이어서 『중학교 국어』 교과서에 역시 「풀꽃」과 「강물과 나는」이란 시가 수록되고, 또 『고등학교 국어』 교과서에 「촉」이란 시가 실리게 되었던 것이다.

나아가 「풀꽃」 시는 교과서 차원을 넘어 여러 군데에 불려 다니며 사랑받는 시가 되었다. 일찍이 부산시 당감 2동의 동비(洞碑)가 되었고, 얼마 전에는 영화 〈세상에서 가장 아름다운 이별〉에 주인공의 수목장 묘비명으로 사용되었으며, 은행이나 마사회 플래카드로 활용되었고, 여러 지역의 학교 담이나 공원, 등산로에 등장하게 되었고, 2012년 봄에는 교보빌딩의 글판에 새겨지는 글이 되기도 했다. 이러한 「풀꽃」 시가 다시금 주목을 받게 된 것은 최근 KBS2의 〈학교 2013〉이란 드라마 2회분에서 이종석이란 배우가 이 시를 낭송하면서부터다. 역시 대중 미디어의 영향력은 막강하다. 전혀 문학이나 시에 관심이 없는 사람들까지도 드라마에 나왔다면서 이야기하는 걸 들었다.

이뿐만 아니라 「풀꽃」 시는 많은 서예가들에 의해 작품으로 쓰여지고 있으며 작곡가들에 의해 작곡되어 불려지기도 하고 있다. 통기타가수인 김정식 씨, 성요한 신부, 부산의 박구부 씨 등이 「풀꽃」을 작곡해 주신 분들인데 이분들은 제각기 색다른 감흥으로 「풀꽃」 시를 작곡하여 많은 사람들로 하여금 노래 부르게 하고 있다. 이래저래 「풀꽃」은 나에게 의미 깊고 특별한 작품이다. 영광을 주었다면 그렇고 고마운 작품이라면 또 그러한 작품이겠다.

(2012)

「풀꽃」 시 • 3

그러면 여기서 왜 「풀꽃」 시가 그토록 사람들에게 어필하게 되었는지에 대해서도 조금은 얘기할 필요가 있겠다. 무엇이 이 시를 사람들로 하여금 읽게 했을까? 그것은 이 시가 특별히 아름답거나 특출해서가 아니라 시대적 상황과 맞아떨어져서 그렇다고 본다. 의식이나 삶의 태도와 관계있다고 본다.

그동안 우리들은 무엇이든 빨리빨리만 하면 제일인 줄 알면서 살아왔다. 속도 지향, 성과 제일주의로 살아왔다. 그러면서 큰 것, 겉으로 보아 화려한 것만 선호하면서 살아왔다. 그런 삶의 태도가 이제는 더 나아갈 길이 없이 절벽에 도달하게 되었다.

그러므로 이제는 소소한 것, 보잘것없지만 아름다운 것들에 눈과 귀가 쏠린 것이다. 외형적인 것도 좋지만 내면적인 것에 주의를 기울이게 된 것이고 새로운 것과 함께 오래된 것에 대한 관심이 생긴 것이다. '빨리빨리'에서 '천천히'로 조금씩 모드가 바뀌게 된 것이다.

정작 우리들 삶에서 중요한 것은 속도가 아니고 방향성이다. 방향이 잘못 선정되고 속도가 있을 때 어떻게 될까? 속도가 높으면 높을수록 빨리 망하는 수밖에 없다. 잘못된 방향과 빠른 속도는 망하는 지름길밖에 그 아무것도 아니다. 우선은 올바른 방향을 설정해야 한다. 일단 방향만 제대로 설정되었다면 빨리 가고 느리게 가고는 별문제가 아니다.

뚜벅뚜벅 소걸음이라도 좋겠다. 느리게 더듬거리며 가도 좋겠다. 느리게 가고 더듬거리며 가도 방향만 제대로 되었다면 끝내 우리는 우리가 바라는 우리의 모습을 만나게 될 것이다. 언제일지는 모르지만 우리가 가는 길 끄트머리에서 우리가 꿈꾸었던 나 자신이 웃으면서 마중해 줄 것이다. 그것을 믿어야 한다. 그것은 바로 미국 시인 로버트 프로스트가 쓴 「가지 않은 길」의 내용이기도 하다.

그동안 우리는 너무나 대충대충 주마간산(走馬看山)으로 세상을 보아 왔다. 사람을 그렇게 보아 왔고 사물과 자연을 그렇게 보아 왔다. 그러다 보니 놓친 것들이 많았다. 이제는 정신 좀 차리고 자세히 보자는 것이다. 천천히 보자는 것이다. 오래 보자는 것이다. 마음을 가지고 보자는 것이다. 이러할 때 새로운 세상이 열린다는 얘기다. 아니다. 지금껏 우리가 놓쳤던 본질의 세계가 거기에 있다는 얘기다.

그뿐더러 우리는 그동안 지나치게 자기 자신만 생각하면서 살아왔다. 오로지 나 중심으로만 살아왔다. 어찌 '너' 없이 '내'가 있을 수 있을까? 어리석은 일이다. 내가 있으려면 먼저 네가 있어야 한다. 어찌 그걸 몰랐을까? 말과 지식으로는 충분히 알았으면서 가슴으로 정서로 몰랐던 것이다. 그것이 더 큰 문제다.

이걸 바꿔 보자는 것이 바로 "너도 그렇다"이다. '너도 자세히 보면 예쁘고 오래 보면 사랑스럽다'는 것이다. 시소나 널뛰기에서도 내가 올라가려면 네가 내려가 주어야 하고 네가 올라가려면 내가 내려가 주어야 한다. 그것이 세상의 법칙이다. 그것이 아름답고 진실한 사람들이 사는 방법이다.

「풀꽃」 시에서 가장 폭발력이 강하고 임팩트가 있는 부분은 아무래도 "너도 그렇다"이다. 이 부분은 인간이 고칠 수 없는 부분이다. 어쩔 수 없는 부분이며 대체 불가능한 부분이다. 그야말로 하늘이 내려 준 문장이다. 신이 선물한 문장이다. 이런 문장을 나는 '금잔옥대(金盞玉臺)'에서 금잔 부분이라는 말로 설명하기도 한다.

"자세히 보고 오래 보아야 예쁘고 사랑스러운 것"은 '풀꽃'만 그런 것이 아니다. "너도 그렇다" 하고 말할 때 의미의 외연은 무한대로 확대된다. 그래서 이 시가 비록 조그만 외향을 지녔지만 사람들이 좋아하고 많이 찾고 오래도록 입술에 오르내리는 시가 되지 않았나, 생각해 보기도 한다. 더러는 이 시가 자존감을 주는 시고 마음의 위로와 치유를 주는 시라는 이야기를 하는 사람들도 있다.

(2012)

가을 흰 구름을 바라보는 마음

젊어서 한때, 한동안 마음속에 간직하며 살았던 여자 친구가 있었다. 그녀는 내가 다른 남자처럼 부담스럽지 않아서 좋다는 말을 자주 했다. 그녀를 알게 된 것은 얄궂게도 내가 두어 차례 다른 여자들한테 호되게 딱지를 맞고 난 다음의 일이었고, 그녀 또한 이미 약혼을 한 여자의 입장으로서였다. 우리는 너무나 늦게 만난 것을 안타까워하면서 쉽지 않은 일이지만 우리끼리 새롭게 시작해 보는 그 어떤 모습을 꿈꾸어 보기도 했다.

그것은 그녀 편에서 파혼을 감행해야 했고 나는 약혼한 그녀를 별다른 이유도 없이 파혼시키고 다시금 받아들여 모든 걸 새롭게 시작하는 만용을 감수해야만 하는 일이었다. 그러나 우리에겐 그럴 만한 용기가 충분하지 못했다. 어물어물하면서 서로 바라만 보다가 그녀가 먼저 결혼하고 나도 얼마 지난 뒤에 결혼이란 것을 하게 되었다.

그러나 우리는 만나는 일을 그만두지 않았다. 역시 그녀는 내가 부담스럽지 않은 남자라서 좋다는 말을 자주 들려주었다. 공주에 와서 살면서 나는 그녀의 둘째 딸아이의 담임 선생님이 되기도 했다. 학부형 관계이므로 물론 그녀의 남편과도 자주 만나 얼굴을 익힌 사이가 되기도 했다. 그 시절에도 우리는 자주 만나 세상을 견디는 고달픔이며 아이들 키우는 문제들을 가지고 이야기를 나누기도 했다.

그 여자. 지금도 알싸한 새봄의 해파 냄새로 기억되는 여자. 딴 남자에게 시집가 아이까지 여럿 낳았지만 나에게는 여전히 처녀인 여자. 나이를 먹어 이제는 이미 오래전에 할머니가 되었지만 내게는 영원히 나이 먹지 않은 채, 긴 맥시스커트 차림으로 눈앞에 아른거리는 여자.

지금 그 여자 어디에 있는가? 큰딸이 미국에 가 사업하는 한국인 남자를 사귀어 결혼하더니 둘째, 셋째 딸 차례로 언니 따라 바다를 건너가고 그녀도 하는 수 없이 딸들을 따라 미국으로 가 버리고 말았다. 2007년이던가 가을, 내가 죽었다 다시 살아났다는 소식을 전해 듣고 귀국한 김에 공주에 와 잠시 나를 만나 준 것이 마지막 만남이었다.

그녀의 이메일 닉네임은 '흰 구름'. 가끔은 '흰 구름'이라는 이름으로 두어 줄 이메일이 오기도 했는데 요즘은 아예 이메일조차 감감무소식이다. 도대체 그 '흰 구름', 지금은 어느 하늘을 흐르고 있는지? 하늘 이쪽의 흰 구름이 많이 보고 싶어 하는 줄 짐작이나 하는 건지? 언제나 한국의 가을은 기적처럼 하늘 맑고 푸르고 그 위에 흰 구름 두둥실 떠오르는 계절로 온다. 멀리 아득한 그리움의 눈을 치뜨고 온다.

한동안 내가 사모했고 지금도 많이 보고 싶어 하는 '흰 구름', 어느 하늘을 흐르든지 지상에 머무는 날, 부디 건강하고 마음 평안하기만을 빌어 본다.

(2010)

수필 님에게

하루의 시간대로 치자면 아침이거나 한낮이거나 그렇게 바쁘고 번거로운 시간이 아니다. 오후도 늦은 시각, 퇴근 가방 챙겨 직장 문을 나설 때거나 집으로 돌아와 가방 내려놓고 외출복까지 벗고 찬물에 발을 씻을 시간이다. 오늘 나에겐 어떤 좋은 일이 있었던가? 과연 실수한 일은 없었던가? 누구와 만나 무슨 얘기를 나누었던가? 잠시 머리를 조아려 생각해 볼 시간이다.

사람으로 치자면 어린 누이거나 동생이거나 제자거나 더구나 팔팔하고 젊은 애인이 아니다. 그렇다고 맞대 놓고 어머니나 아버지도 아니다. 친구나 선배라 해도 매일 만나는 그런 친구나 선배도 아니다. 친구나 선배라면 어쩌다 만나는 그런 친구나 선배일 것이요, 여자라면 헤어지고 나서도 10년이고 20년, 부담 없이 만나 인생의 모든 것을 이야기할 수 있는 그런 여자 친구일 것이요, 친척이라 해도 집안의 당숙 어른이거나 외삼촌 정도의 이럴 수도 없고 저럴 수도 없는 친척이라 할 것이다.

다시 일생을 두고 볼 때도 그렇다. 아무래도 유년이거나 청년하고는 거리가 멀겠다. 적어도 장년쯤은 되어야 대화가 통한다. 장년을 지나 노년이라면 더욱 좋을 것이다. 살아오면서 좋았던 일, 힘들었던 일, 안타까웠던 일들 모두 꽃다발을 하나씩 들고 찾아올 것이다. 그 손님 정중히 맞아 인사를 청하고 속내를 서로 나누어 갖는다면 더없이 좋을 것이다. 향기롭고 맑은 차 한잔 마주하고 등불 빛 아래 밤 깊도록 이야기 나눈다면 더더욱 좋겠다.

수필이 없는 인생은 얼마나 적막하고 삭막한 인생이겠는가! 그것은 팍팍한 사막길이고 어두운 밤길이다. 수필이야말로 인생에 있어서의 참다운 반려. 정답고 편안하고 진정 마음을 줄 수 있는 동행자. 수필 없는 인생을 생각할 수 없다. 쓰기는 될수록 나이 든 사람이 많이 쓰되 읽기는 될수록 나이 어린 사람이 많이 읽는 것이 좋겠다. 수필 님, 우리가 인생을 살면서 당신한테 신세진 일이 참 많습니다. 앞으로도 도와주시기 바랍니다. 부디 그곳에서 함께 평안하시기 빕니다.

(2011)

대부분 사람들은 '안다는 것'과 '할 수 있는 것'을 혼돈하여 생각하고 있다. 무엇이든 자기 것이 되려면 아는 것만 가지고서는 부족하다. 정말로 자기 것이 되려면 아는 것에 더하여 할 수 있어야 한다.

3부

안다는 것과 할 수 있다는 것

시를 두고 하는 생각 몇 가지

1. 시 읽기의 두 가지

시 읽기에는 두 가지 방법이 있다. 이성으로 읽기와 감성으로 읽기가 그것이다. 이성으로 읽기는 따지며 읽기로 최근 학교에서 수업 시간에 선생님이 학생들을 상대로 시를 가르치면서 읽는 방법이다. 이는 주로 시험을 대비하여 분석적으로 읽는 시 읽기 방법이다. 매우 건조하고 따분한 시 읽기라 할 것이다. 이렇게 시를 읽으면 시가 재미없고 시 안에 들어 있는 정서를 제대로 파악할 수도 없고 감상할 수도 없다. 한번 시를 읽고 나서는 다시는 시를 읽고 싶은 생각이 들지 않을 것이다.

그런가 하면 감성으로 시 읽기는 느끼면서 시를 읽는 방법으로 주로 일반 대중들의 시 읽기 방법이다. 시인의 마음을 따라가면서 읽는 것으로 읽는 사람 자신이 시인의 마음이 되어 보는 시 읽기다. 그냥 자연스럽게 단순하게 시를 읽는 것이다. 전통적인 시 읽기 방법이다. 마치 노래를 부르듯이(또는 듣듯이) 따지지 않고 시를 읽는 것이다. 이렇게 시를 읽으면 읽을 때마다 다른 느낌이 들고 생각이 들 것이다. 그렇게 되어 시는 한 사람에게 백번씩 읽히는 문장이 될 수 있게 된다.

시 쓰는 사람은 모름지기 두 번째 방법으로 시 읽기를 해야 할 것이다. 나는 젊은 시절 시를 공부하면서 해마다 봄과 가을 두 차례 내가 좋아하는 시인들의 시집을 모두 꺼내어 책상 위에 쌓아 놓고 처음부터 끝까지 읽고 또 읽은 적이 있다. 이러한 시집 읽기의 힘이 두고두고 내 시 쓰기의 바탕이 되어 주었던 것이 사실이다.

2. 시 쓰기의 두 가지

시 쓰기도 두 가지가 있다. 하나는 시 안에서의 시 쓰기요, 또 하나는 시 밖에서의 시 쓰기다. 시 안에서의 시 쓰기는 주로 문어(글말) 중심의 시 쓰기로 시에 대한 모범적인 틀이 있고 시에 대한 선입견이 있는 시 쓰기다. 주로 힘이 있는 문단의 선배나 평론가들에 의해서 평가되고 주도되는 시 쓰기다. 이런 시 쓰기는 서울의 문단이나 잡지, 신문 등을 중심으로 한 시 쓰기로, 일견 자기네들이 시단의 한 흐름을 좌우하는 것 같고 중심에 자리한 것처럼 느껴지나 이것은 전혀 오해의 소산이다. 이렇게 시를 써서 무슨 소용이 있겠는가? 이렇게 해서 생산된 시들은 고작 자기네들끼리만 나누어 읽고 좋아하는 매우 건조하고 협소한 무감동의 시가 되기 십상일 것이다.

이에 비하여 시 밖에서의 시 쓰기는 구어(입말) 중심의 시 쓰기로 지극히 개인적이며 자유스러운 시 쓰기다. 이는 문단 밖에서의 시 쓰기요 혼자서 고군분투 외롭게 쓰는 시 쓰기다. 애당초 선입견 같은 것을 배제하고 선배 문인이나 평론가의 눈치를 살피지 않는 시 쓰기가 된다. 문단이나 시적인 흐름에서 비켜서 있으므로 소외감이 있을 수 있고 조금은 쓸쓸하고 고달프기도 할 것이다. 그러나 이러한 시 쓰기가 진정한 시 쓰기다. 시란 것은 조금쯤 쓸쓸한 사람에게 오는 행운이다. 불행하게 산 인간에게 주시는 신의 선물 같은 것이다.

앞의 시 쓰기가 일정한 테두리 안에서의 시 쓰기요 우물 안의 시 쓰기라면, 뒤의 것은 그것들을 훌쩍 뛰어넘은 시 쓰기다. 그리하여 그것은 생활어를 주된 언어로 선택하고 날마다 반복되는 삶의 자연스런 현상을 시에 담고자 노력하며 인생 중심, 진정성에 주안점을 두며 생생한 것, 날것, 살아 있는 느낌에 치중하게 될 것이다. 서울 중심이 아니다. 결코 영향력 있는 문학 미디어(출판사나 잡지사, 언론사 등)에 의지하는 것도 아니고 그들에 의해 의도적으로 길러지는 것도 아니다. 저 스스로 서러운 대로 자라나는 자생의, 그야말로 풀꽃 같은 시인이다.

그리하여 그의 시는 일반 대중, 평범한 사람들 마음속으로 들어가 초라한 대로 향기로운 꽃으로 피어날 것이다. 일찍이 소월이 그러했고 백석이 그러했고 윤동주가 그러했으며 최근의 김종삼과 박용래가 또한 그러했다.

(2013)

민들레 홀씨처럼

시를 쓰는 사람(시인)의 마음은 작을수록(큰 것이 아니라) 좋고, 낮을수록(높은 것이 아니라) 좋고, 부드러울수록(딱딱한 것이 아니라) 좋고, 겸손할수록(오만한 것이 아니라) 좋다. 그리하여 그 작고 낮고 부드럽고 겸손한 마음으로 만물을 대하고 만 가지 생각을 일으켜 시를 써서 세상에 내보내는 것이다.

그다음으로 또 중요한 것은 그 마음이(시인의 마음이) 사물의 가장 깊은 곳(본질, 근간)에 가닿아 있어야 한다. 그리하여 될수록 오래되고 깊고 변함없는 그 무엇, 중심의 부분에 뿌리를 박고 소통하며 숨결을 터야 한다. 시인은 비록 눈앞에 보이는 풍경이나 사물을 대하고 있지만 그 풍경 너머 숨겨진 비밀을 보아 낼 수 있는 날카로운 눈을 가져야 한다. 은밀한 내면의 소리를 들을 수 있는 귀가 있어야 한다. 끝내는 영혼이나 정신의 오래된 우물에 두레박을 내릴 수 있어야 한다. 그리하여 그 샘물에서 길어 올린 귀중한 한 모금의 샘물이 시가 될 수 있어야 한다.

시인이 시를 써서 세상에 내보내는 것은 마치 민들레가 그 홀씨를 바람결에 날려 멀리 보내는 행위와 같다. 보라! 민들레 홀씨가 얼마나 작고 가볍고 보잘것없는가. 그래도 민들레 홀씨는 강인한 하나의 생명체. 그는 어디론가 또 가서 싹을 틔우고 뿌리를 내려 제 어미의 세대가 그랬던 것처럼 하루아침이나 저녁, 예쁜 민들레꽃을 피우고 다시금 씨앗을 만들어 바람결에 또 홀씨를 날려 멀리로 보낼 것이다.

민들레꽃의 이 같은 헌신과 생명력. 그 같은 반복. 그것이 바로 시인의 노역이고 진정으로 시인과 독자의 만남이 되어야 한다. 비록 민들레 엄마는 죽었지만 민들레 씨앗은 멀리로 날아가 다시금 제 엄마처럼 생애를 되풀이한다는 것, 이것이 바로 시와 시인이 주는 감동이다. 시인도 시를 쓰고 언젠가는 민들레 엄마처럼 생명을 다하고 세상을 떠나겠지만, 민들레 홀씨처럼 시인이 남긴 시들은 세상에 남아 사람들 가슴가슴마다 민들레꽃 같은 어여쁜 샛노란 환희와 감동의 꽃을 피워 낼 것이다. 봄의 들판에 화사하게 피어나는 민들레들의 향연. 그것은 끝내 시의 향연이어야 한다.

이것이 바로 시인이 영원히 살아남는 은밀한 길이요 또 영광이다. 시인은 저 스스로 시인이 될 수가 없다. 독자들이 시를 읽어 주고 인정해 줄 때만 그는 한 사람 시인이 될 수 있다. 어쩌면 시인은 독자의 가슴에 그의 시가 새로운 꽃으로 피어날 때 비로소 시인으로 완성되는 것인지 모른다. 그러기에 시인은 죽어도 죽지 않는 목숨이다. 비록 시인은 이 세상의 생명을 다하고 죽을 수밖에는 없지만 그의 시가 남아 사람들 마음에서 숨 쉬고 꽃을 피우며 살아 있기 때문이다.

정말로 시인은 독자의 마음을 제대로 읽어 내고 그의 마음을 정직하고 아름다운 언어로 표현해 낼 때 진정으로 한 사람 자랑스런 시인으로 태어난다고 볼 수 있겠다.

*

시란 것은 수없이 많은 민들레 홀씨가 아주 가볍게 어디론가 자취없이 날아가 자신도 알 수 없는 낯선 땅에 뿌리내려 꽃을 피우는 것처럼, 민족의 언어를 아주 많은 사람들 마음밭으로 데리고 가 무작정 자리를 잡고 그의 노래가 되고 그의 한숨이 되고 그의 기쁨이 되고 끝내 그의 이웃이 되고 위로가 되는 그 무엇이다.

(2013)

시인과 독자

1

나는 가끔 왜 시인은 시를 쓰는가, 생각해 볼 때가 있다. 자기 자신을 위해서 쓰는가? 독자를 위해서 쓰는가? 독자라 하더라도 한 사람만을 위해서 쓰는가? 많은 독자를 상정하고 쓰는가? 더 나아가 사회나 민족이나 역사를 위해서 쓰는가?

나는 스케일이 큰 사람이 아니다. 애당초 나는 내 자신을 위해서 시를 쓰기 시작한 사람이다. 내 자신이 위로받고 싶고 내 자신의 감정을 표현하여 편안해지고 싶어서 시를 선택한 사람이다. 굳이 독자를 위해서 시를 썼다고 말할 수 없는 입장이다. 그러니 민족이나 역사나 사회 같은 말은 입에 올리기도 미안스런 일이다.

일단 나 자신의 감정 표현을 위해서, 나 자신의 위로를 위해서 시를 쓰다 보니 그것이 독자에게로 가 독자들의 위로가 되었고 이웃이 되었다고 보아야 할 것이다. 오늘에 이르러 과분한 성과요 감사한 일이라 할 것이다. 이런 결과를 두고 나는 생각해 본다. 시에 있어서의 특수성과 보편성의 문제다.

특수성이란 시인의 개성과 특성을 말한다. 일단 좋은 시가 되려면 시인의 개성과 특성이 잘 나타나야 한다. 그러나 이것만 가지고서는 부족하다. 이러한 특수성이 일반 독자들에게까지 미쳐 보편성을 얻어야 한다. 보편성이란 일반성이고 평범성이고 공통성을 말한다. 이러한 보편성이 있어야 감동이 오고 소통이 이루어진다.

특수성과 보편성, 그것은 좋은 시를 밀고 가는 두 개의 수레바퀴와 같다 하겠다.

2

그다음으로 왜 독자는 시를 읽는가, 하는 문제를 생각할 때가 있다. 정말로 왜 독자는 시를 읽는 걸까? 한번 정색하여 자신에게 물어볼 필요가 있다. 독자가 시를 읽는 건 시인을 위해서 읽는 게 아니다. 독자 자신을 위해서 읽는다. 그럼 다시 한 번 물어 본다.

무언가 이득이 있기에 시를 읽는 것이다. 시를 읽어서 기쁨이 있고 위로가 있고 감사가 있고 따뜻함이 있기에 시를 읽는 것이다. 무릇 생명체는 외롭고 쓸쓸하다. 그러기에 그들은 모두 누군가로부터 위로받고 싶어 하고 사랑을 받고 싶어 한다. 또한 생명체는 이기적인 존재다. 그러므로 자기한테 손해를 주는 일보다는 이익을 주는 일을 추구한다. 고통이나 슬픔을 피하고 기쁨을 바라고 행복을 원한다. 그것이 생명체의 본성이다.

시와 독자의 관계도 여기서 크게 벗어나지 않는다. 시가 독자들에게 이익이 되어야 한다. 기쁨을 주고 즐거움을 주고 위로를 주고 끝내는 행복감을 주어야 한다. 그렇지 않을 때 독자는 시를 읽지 않을 것이다. 당연한 일이다. 이런 것을 알 때 시인의 갈 길은 확연해진다. 독자들에게 위로가 되고 기쁨이 되고 행복이 되는 시를 써야 한다. 고통과 슬픔을 안겨 줘서는 안 된다. 정말로 누가 사서 고통과 슬픔을 당하겠다 하겠는가.

이런 점에서 시인들은 대오 각성(大悟覺醒)을 할 필요가 있다. 우선은 자기 자신을 위해서 시를 썼다고 하지만 그 시가 독자들에게 가서 좋은 영향을 주어야 한다. 제발 시인들이 미망(迷妄)에서 깨어나기를 바란다. 아무렇게나 제멋대로 지껄인 말들이 정말로 멋지고 아름다운 시라고 믿는 망상 말이다. 시인은 아무렇게나 말해도 되고 함부로 살아도 좋다는 그런 세상은 아무 데도 없다. 그러기에 시인들이 외톨이가 되는 것이다.

시인들도 일반 독자들과 똑같은 사람이다. 똑같은 세상 똑같은 삶을 살면서 자신만이 가진 날카롭고 섬세한 감각으로 시를 써서 독자들에게 선물해야 한다. 그러하다. 시는 시인이 세상에게 주는 아름다운 선물이다. 정말로 그래야만 한다. 선물일 때 어찌 나쁜 내용을 담고 거짓을 말할 수 있겠는가. 솔직 담백해야 하고 정갈해야 하고 선량해야 한다.

나는 가끔 문학 강연 같은 데에 나가서 독자나 학생들에게 말하곤 한다. 읽어서 머리 아픈 시는 읽지 말아라. 잘 모르는 내용을 쓰거나 어렵게 쓴 시도 읽지 말아라. 그런 시간이 있으면 딴 책을 읽어라. 왜 사서 고생을 하고 사서 머리 아프고 고통을 당하려 하는가. 우리가 왜 성경을 읽고 불경을 읽고 논어를 읽는가? 그 안에 삶의 진리가 있고 살아가는 지혜와 방법이 있고 깨달음이 있고 기쁨이 있고 끝내는 이익이 있기 때문에 읽는 것이다.

그러하다. 독자들도 결국은 기쁨과 위로와 아름다움과 깨달음과 행복을 얻기 위해서 시를 읽는 것이다. 이 점을 시인들은 한시도 잊어버리지 말아야 한다.

(2013)

시를 어떻게 시작할 것인가

시는 언어로 쌓은 탑이다. 탑 가운데서도 금자탑이다. 그러므로 한 마디의 말을 아끼고 하나의 문장을 아껴야 한다. 아니다. 단어 하나하나를 아끼고 월점(문장 부호) 하나까지도 조심해서 사용해야 한다. 결코 함부로 해서는 안 될 일이다.

시를 쓴다는 것은 나 자신에게, 이 세상 모든 사물과 우주에게 말을 거는 것이나 마찬가지다. 그럴 때, 나 자신은 입 다문 나고 사물은 무뚝뚝한 사물들이고 우주는 오직 적막한 우주다. 어떻게 말을 걸 것인가? 모름지기 상냥하고 부드럽게 말을 걸어야 한다. 조심해서 말을 꺼내야 하고 최선의 말을 골라서 해야 한다. 최대한 좋은 말로 부드러운 말로 겸허(謙虛)하게 말을 걸어야 한다. 그래야 시가 문을 열어 준다. 함부로 아무렇게나 말을 걸어서는 절대로 시의 문이 열리지 않는다.

그러므로 시에서는 첫 문장이, 아니 첫 단어(말)가 중요하고 또 중요하다. 시의 첫말은 벼락 치듯 온다고 말하는 사람이 있고 신이 주신다고 말하는 사람도 있다. 그렇게 첫 단어가 중요한 것이다. 시의 첫 단어는 시의 마지막까지를 통솔한다. 영향을 주면서 마지막 문장, 마지막 단어까지를 끌고 가는 힘을 지녔다. 좋은 시를 보면 첫 단어부터가 다르다. 시의 끝을 보여 주고 시의 몸통을 짐작하게 한다.

일단 조심스럽게 첫 단어를 놓으면 그 단어를 따라서 한 발자국씩 앞으로 나아가야 한다. 이때, 자기 마음대로 현학적으로 고집스럽게 성질을 부리며 함부로 문장을 끌고 가서는 안 된다. 여전히 조심스럽게 겸허하게 끌고 가야 한다. 아니다. 따라가야 한다. 시는 시인이 쓰지만 시를 쓰게 하는 힘은 나(의식하는 나) 아닌 어느 곳에서 오기 마련이다. 어쩌면 그것은 신의 음성인지도 모르고 내 마음속 깊이에서 울려오는 하나의 울림인지도 모른다.

한번 이런 것을 생각해 보자. 모처럼 집에서 쉬는 날, 별로 할 일도 없어 누군가를 만나고 싶지만 딱히 만날 사람도 떠오르지 않았다 그러자. 누군가로부터 전화라도 한 통 와 주었으면 얼마나 좋을까 생각이 날 것이다. 그러나 그날은 끝내 누구에게서도 전화가 오지 않았다 그러자. 왜 전화가 오지 않았을까? 그 이유를 다른 사람에게 돌릴 수는 없다.

어디까지나 원인 제공자는 자기 자신이다. 자기 자신이 그렇게 살았기 때문이다. 세상 사람들로부터 오지 않는 전화를 오도록 강요할 수는 없다. 그러나 전화가 오도록 조건과 환경을 조성하며 살 수는 있다. 시의 경우, 시인의 경우도 마찬가지다. 시인이 억지로 좋은 시를 쓸 수는 없다. 그러나 좋은 시를 쓰도록 노력할 수는 있다. 그것이 시인이 할 수 있는 일이고 시인의 몫이다.

절대로 시 앞에서 오만해서는 안 된다. 자신만만해서도 안 된다. 어디까지나 부드럽고 겸손하고 낮은 자세를 견지해야 한다. 겉으로만 그럴 것이 아니라 뼛속 깊이 그런 자세를 가져야 한다. 그럴 때 시는 조금씩 문을 열어 주고 시인을 그 안으로 들어오라 청할 것이다.

시를 쓴다는 것은 신의 음성에 귀를 기울이는 것과 같다. 그것은 내 마음속 깊은 곳에서부터 울려오는 그 어떤 느낌이나 기미(機微)를 끌어올리는 작업이기도 하다. 그것은 영혼의 속삭임을 듣는(청취하는) 일이기도 하다. 그러므로 시에서는 첫 단어가 중요하고 중요하다. 첫 단어가 시의 종장까지를 끌고 가도록 되어 있기 때문이다.

좋은 시를 쓰고 싶은 사람으로서 이제부터 해야 할 일들을 생각해 보자. 먼저 지금까지 써 온 자기의 시를 몽땅 버려야 한다. 버린다는 것은 자기를 부정한다는 것이다. 백지상태가 된다는 것이고 다시 출발선상에 선다는 것이다. 그렇지 않고서는 도저히 새로운 시를 만날 수가 없다.(그것은 마치 첫사랑의 상처를 지우지 않고서는 다음 연인을 만날 수 없는 것과 같다.) 누구든 자기를 자랑하고 자기 시를 기억하고 자기가 시를 잘 쓴다는 생각이나 의식을 가지고 좋은 시를 쓰는 사람은 없다.

오만을 버려라. 거짓된 마음을 버려라. 현실적인 셈법을 버려라. 멍한 상태가 되어라. 나는 시를 잘 쓰지 못한다고 생각하라. 시 앞에서 당신은 그저 어린아이처럼 우물쭈물하고 자신이 없고 아무것도 알지 못하고 눈 먼 자라고 여겨라. 그렇게 생각할 때 살그머니 시가 찾아와서 당신의 어깨를 치면서 함께 가자고 앞길을 청할 것이다.

그날을 기다려야 하고 그 순간을 찾아야 한다. 그러기 위해서는 좋은 시를 많이 읽어야 한다. 다른 시인들은 어떻게 시를 썼는가, 바로 그 시인의 입장에서 생각하고 느껴 보아야 한다. 가장 좋은 시 공부는 시를 베끼는 일이다. 한 번만 베끼는 것이 아니라 여러 차례 베껴 보는 일이다. 그러다 보면 그 좋은 시인의 문장이며 어법이며 표현, 단어들이 나의 것으로 바뀌게 될 것이다. 결코 시를 쓰는 데 있어서 쉽게, 아무렇게나 가볍게 써질 거라고 생각하지 말 일이다.

지금까지 내가 쓴 시를 버려라. 지금까지 알고 있었던 시작법(詩作法)을 버려라. 오직 겸허한 심정으로 내면의 소리에 귀를 기울여라. 어디선가 작은 소리나 음성이 들리면 조심스럽게 그것을 언어로 바꾸어 보라. 끝까지 겸손하고 부드럽고 낮은 태도를 유지하라. 마음을 늘 텅 빈 상태에 놓으려고 노력하라. 제발 시를 길게 쓰지 말아라. 쓸데없는 말을 자꾸 끌어오지 말고 중언부언하지 말아라. 모두가 무익하고 무익한 일일 뿐이다.

첫 번째로 찾아오는 단어를 공손히 받들고 그 단어를 따라 천천히 조심스럽게 앞으로 나아갈 일이다. 그런 점에서 시 쓰기는 물살이 거세고 깊은 강물을 건너는 작업과 같다. 가슴은 설레고 겁이 날 것이다. 일단 깊은 강물에 징검다리 돌 하나를 가져다 놓아라. 그것은 자기 의지나 노력으로 가능할 수도 있다. 그런 다음 강물(마음) 속을 오랫동안 들여다보아라. 그러노라면 강물 바닥으로부터 징검돌이 또 하나 불쑥 솟아오를 것이다. 그것이 두 번째로 찾아오는 말이거나 문장이다.

그러면 조심스럽게 그 돌로 발을 옮겨라. 그다음, 그다음도 마찬가지다. 이렇게 해서 강물을 다 건넜을 때 한 편의 시가 완성된다. 내 몸을 통과해서 지나간 영혼의 빛이다. 신의 목소리가 언어로 바뀐 형태다. 만족한 시인지 아닌지는 내가 관여할 일이 아니다. 다만 나는 시 쓰는 동안 성실한 봉사자로서 족할 일이다. 여기서 들리지 않는 함성과 해방이 함께 찾아올 것이다.

(2013)

어떻게 시를 쓸 것인가

어떻게 시를 쓸 것인가? 이런 물음에 확실하고도 유용성 있는 해답을 내놓을 사람은 없지 싶다. 참으로 어렵고 지난(至難)한 물음이다. 그렇지만 억지로라도 이 물음에 한번 대답을 해 보고자 한다면 이러하다.

시를 어떻게 쓸 것인가를 말하기 전에 우선은 시가 어떤 글인가에 대해서 유념할 필요가 있다. 한자로 시(詩)라는 글자는 말씀 언(言)과 절 사(寺) 자의 합이다. 글자 뜻대로 풀면 말씀의 절이 바로 시다. 이 안에 시에 대한 원시적인 주문이 들어 있다고 보면 좋겠다. 절 안에는 무엇이 있는가? 대략 절을 말할 때 불보(부처), 법보(경전), 승보(승려)를 말한다. 시를 두고서도 이 같은 필요충분조건을 만족시키면 좋을 것이다.

결국 불보는 시정신(詩精神)이고 법보는 시 그 자체며 승보는 시인이다. 적어도 이런 각오와 자세로 시인이 시에 임해야 한다는 전제 같은 것을 우리는 읽게 된다. 시는 결코 사치품이 아니다. 시인에게 있어서 시는 공기고 물이고 밥이다. 일용할 양식이며 그의 생필품이며 생존 수단 그 자체다. 그러니 시를 대하는 자세가 엄숙하고 정결할 수밖에 없는 노릇이다. 적어도 시인은 시 앞에서 승려를 자처해야만 하고 시는 경전에 버금가는 글이 되도록 높은 층계를 밟아야 한다.

그다음으로 우리가 유념할 것은 서정시(抒情詩)와 서사시(敍事詩)의 구분이다. 서정, 서사 한글로는 같은 서 자를 쓰지만 한자로는 그 뜻이 많이 다르다는 걸 잊지 말아야 한다. 시를 가리키는 서정시의 서(抒) 자는 '①끄집어낼 서 ②물 퍼 올릴 서 ③덜어 낼 서 ④쏟을 서'의 뜻을 지니고 있다. 이에 비하여 소설을 가리키는 서(敍) 자는 '①펼 서 ②차례 서 ③쓸 서 ④지울 서'의 뜻을 지니고 있다. 또 시는 그 주된 내용이 정(情)이고 소설은 사(事)인데 정(情)을 또 옥편에서 알아보면 '①뜻 정 ②정 정〔희(喜), 노(怒), 애(哀), 락(樂), 애(愛), 오(惡), 욕(慾)〕 ③실상 정'으로 나와 있고, 사(事)를 알아보면 '①일 사 ②섬길 사'로 되어 있다.

글자 뜻대로 본다면 시, 즉 서정시는 정이나 뜻을 끄집어내거나 물을 퍼 올리듯이 퍼 올리는 글이고, 소설인 서사시는 일을 차례대로 펼치는 글이 된다. 물을 퍼 올릴 때 어떻게 퍼 올리나? 두레박으로 퍼 올린다. 정이란 것은 또 우물물과 같이 깊은 곳에 숨겨져 있는 것이고 길이보다는 양이나 부피로 계산되는 그 무엇이다. 서사시가 수평이라고 하면 서정시는 수직이다. 가슴 깊숙이 숨겨져 있는 것(뜻,

정)을 퍼 올려야 한다. 그리고는 왈칵 쏟아야 한다. 여기에 시작법의 기초가 있다고 보아도 과언은 아니다.

시를 이야기할 때 가장 많이 이야기되는 것은 이미지(image)란 말이다. 비유도 좋고 의인법도 좋고 메타포(metaphor)도 좋은 말이지만 가장 좋은 말은 이미지란 말이다. 좋은 시는 마땅히 이미지가 잘 나타나도록 쓰여야 한다. 이미지란 말을 우리 표현으로 바꾸면 심상(心象)이다. 심상이란 말을 인터넷 사전에서 알아보면 "감각에 의하여 획득한 현상이 마음속에서 재생된 것"이라고 나온다. 얼른 우리말로 고쳐 보면 '마음속 코끼리'가 된다. 그렇게 우뚝하고 분명한 것이 바로 심상이다. 그렇다. 시에서 가장 중요한 것은 이러한 심상을 표현하는 작업이다.

결코 눈앞에 펼쳐진 풍경이나 사실이나 일이 아니다. 가끔 여행길에 멋진 풍경이나 모습을 만나면 동행들이 내가 시 쓰는 사람인 줄 알고, 아, 멋지다, 시적(詩的)이다, 그런 말을 하면서 나더러 시를 한 편 써 보라고 주문을 하는 경우가 있다. 그럴 때마다 나는 난감한 마음이 들곤 했다. 그건 그 사람이 그렇게 느낀 것이지 나는 그렇게 느낀 것이 아니고 또 멋진 풍경, 시적인 풍경이 바로 시가 되어 나오는 것은 아니기 때문이다. 시를 쓰는 사람도 한번 반성해 볼 일이다. 자기의 시가 지나치게 사실에 집착하고 있지 않은가? 코앞의 현실에 매달리고 있지 않은가? 사실의 표현은 처음부터 시가 아니다. 사실 너머의 감흥, 느낌, 이미지 등을 표현하는 것이 시다. 그러기에 시가 산문보다 한 단계 윗길이고 오래가는 문장이고 영원한 것이며 영혼의 영역에서 나오는 글이 되는 것이다.

가령 여기 꽃을 피운 봉숭아가 한 그루 있다고 하자. 그 봉숭아를 보이는 대로 표현하면 소설이나 수필이 된다. 봉숭아 그 너머의 마음, 느낌을 표현해야만 시가 된다. 일단 봉숭아를 내 마음에 담고 느낌을 받아 내야 한다. 떠오르는 생각이나 느낌들을 모아야 한다. 그리고는 그것을 고요히 들여다보아야 한다. 어떻게 그것들이 연결되고 질서를 찾아 하나의 문장으로 만들어지는가, 그것을 살펴야 된다. 이런 점에서 시인은 자기 마음을 들여다보는 자이고 정서적으로 명상하는 자이기도 하다. 정말로 마음을 들여다볼 줄 모르는 사람은 시인이 아니다. 시를 쓰려면 그것부터 연습을 하고 숙달시켜야 한다.

봉숭아 이야기로 다시 돌아가자. 봉숭아꽃 앞에서 당신은 무슨 느낌과 생각이 떠오르는가? 사람마다 경험이 다르기 때문에 서로 다른 생각과 느낌을 갖게 될 것이다. 이를 한번 정리해 볼 필요가 있다. '①시간대는? ②생각나는 사람은? ③있었던 일은? ④떠오르는 장면은? ⑤느낌이나 빛깔, 향기는?' 이런 모든 것들을 종합하여 천천히 정리하고 살펴서 적절한 문장, 부드럽고 무리 없는 문장으로 엮으면 한 편의 시가 된다. 그런 점에서 시는 현실적인 물체나 사물이나 사건이 아니고 그것들에게서 번져 나오는 은은한 빛깔이나 향기 같은 것을 표현한 문장이다. 그러므로 시가 지나치게 씩씩할 필요는 없다. 적극적일 필요가 없다는 말이기도 하다. 스몰 스텝의 문장과 베이비 토크의 발음으로도 충분하다.

시 쓰기에서 또한 생각해 볼 일은 시를 쓰고서 말을 하는가, 말을 하고서 시를 쓰는가의 문제다. 이것은 문어(文語) 중심이냐 구어(口語) 중심이냐의 문제이기도 한데, 나의 경우는 시를 쓰고서 말을 하기보다는 말을 하고서 시를 쓰는 편이다. 본래 시는 문장이나 책에서 오지 않았고 일상생활이나 일상의 대화에서 왔다. 그러므로 매우 자연스러웠고 부드러웠고 쉬웠다. 그런데 문장에서 책에서 시를 끌어오다 보니 부자연스러워졌고 억지스러워졌고 어려워졌다. 모름지기 글 쓰듯이 말할 것이 아니라 말하듯이 글을 써야 할 일이다. 글보다는 말이 먼저란 것을 시인들은 잊지 말아야 한다. 오늘날 시가 어렵고 까다로워져 독자들이 시를 떠난 이유는 바로 여기에 있다.

정작 이렇게 말을 하기는 했지만 여전히 나에게도 시 쓰기는 팍팍한 길이고 난감한 일이며 머나먼 고행길이다. 함께 끝까지 가 볼 일이다.

(2013)

나비처럼 날아서 벌처럼 쏜다

"나비처럼 날아서 벌처럼 쏜다." 이 말은 왕년의 챔피언 무하마드 알리(본명은 캐시어스 클레이)가 선수 시절 남긴 말이다. 이 말 한마디로 해서 알리는 하버드대학교에서 한 학기 동안 외부에서 특별히 초빙하는 시학 교수가 되었다는 이야기를 들은 적이 있다. 오래전 일이다. 그러나 오늘날 인터넷에서조차 그 근거를 찾을 수 없으니 그것이 사실인지 아닌지는 분명치 않다.

사실이야 어떻든 간에 이 말은 매우 특별한 말이고 의미심장한 말이다. 정말로 이 말은 시 쓰기에도 적용될 만한 말이다. 이 말에 나오는 곤충은 두 가지다. 나비와 벌. 나비는 고요하고 평화롭게 날아다니며 꿀을 빠는 곤충이고, 벌은 매섭게 빠르게 날아다니면서 꿀을 빨기도 하지만 때로는 독침으로 쏘기도 하는 곤충이다. 곤충이란 점과 꿀을 빤다는 점에서는 같지만 독침이 있고 없음과 평화적인 몸짓과 위협적인 몸짓에서는 판이하게 다르다.

시를 쓰는 시인에게 적용해 볼 때, 이 두 가지는 함께 필요한 요소가 된다. 말하자면 시를 쓸 때 시인은 무하마드 알리 같은 권투 선수가 되어야 한다는 것이다. 느림과 빠름, 유연함과 날카로움을 고루 갖추어야 한다. 우선 좋은 시인이 되려면 시를 좋아하고 사랑하는 마음이 그 바탕에 있어야 한다.

그래서 시를 읽고 쓰고 생각하는 것을 즐겨야 한다. 절대로 그것이 스트레스가 되면 시인으로 오래 남지 못한다. 이것을 더러는 "자오(自娛)의 즐거움"이란 말로 표현하기도 한다. 그리하여 시인은 천천히 오랫동안 시를 생각하며 그 가슴에 품고 살아야 한다. 시가 그 자신이고 자신이 또 시가 되어야 한다.

이를 또 고기 잡는 어부에 비겨서 생각해 볼 수도 있겠다. 어부가 고기를 잘 잡기 위해서는 우선 고기 잡는 일을 좋아하고 고기가 사는 강이나 바다의 물을 좋아해야만 한다. 그래서 그는 자주 강이나 바다를 찾는 사람이 될 것이고 또 강이나 바다에 대해서 잘 아는 사람이 되어야 할 것이다. 그뿐더러 그곳에서 다른 능숙한 어부들이 고기 잡는 모습을 충분히 본 사람이 되어야 할 것이다.

그에게 한 개의 작살이나 그물, 낚시가 마련되어 있다고 하자. 처음부터 그것들을 가지고 물가로 나가 첨벙대고 서둘고 요란을 떨어서는 곤란하다. 고기들이 눈치채지 못하도록 조용히 살금살금 행동할 필요가 있다. 이를테면 '나비의 작전'이다. 그리하여 어느 순간 고기를 발견했다고 하자. 그런데도 여전히 나비의 작전으로 나오면 또 곤란하다. 이번에는 '벌의 작전'이 나와야 한다. 그야말로 날카롭게 전광석화처럼 물고기를 제압해서 잡아 올려야 할 것이다.

이는 낚시꾼들이 오랫동안 물가에 낚싯대를 드리우고 고요히 앉아만 있다가 어느 순간 찌가 움직이고 고기가 먹이를 물었다 싶으면 그 찰나를 놓치지 않고 잽싸게 낚싯줄을 들어 올려 물고기를 잡는 풍경을 떠올리면 더욱 선명하게 이해가 될 것이다. 이때 낚시꾼은 시인이고 낚싯대와 낚싯줄은 언어나 기교, 표현 방법 등이고 물고기가 바로 시인 것이다. 햇빛 아래 바르르 떠는 물고기의 비늘이 얼마나 눈부시겠는가!

시 쓰기의 실제도 이에 준한다. 시를 찾아내고 시의 목소리에 귀를 기울이고 그것을 또 가슴속에 간직하면서 숙성시키는 일은 나비처럼 부드럽게 고요하게 겸손하게 해야만 한다. 그러나 일단 떠오른 시, 단어가 될 수도 있고 문장이 될 수도 있고 어떠한 분위기가 될 수도 있는 시를 잡아내는 데는 매우 날카롭게 사납게 빠르게 해야만 한다. 그렇지 않고서는 시가 도망쳐 붙잡지 못하게 되기도 한다.

한 편의 시를 제대로 쓴다는 일은 그다지 쉬운 일이 아니고 시라는 상대가 결코 녹록한 상대가 아니다. 이기느냐 지느냐 사각의 링 안에서 가쁜 숨 몰아쉬며 주먹을 날리며 뛰어다니는 복서의 그것에 비길 바는 아니지만 적어도 그런 마음으로 시를 대하고 시를 건져 올려야 한다는 것만은 분명한 일이다. 시 앞에서 자신만만한 시인이 어디 있을까. 시인은 늘 시 앞에서 겸손해야 하고 고요하고 호의적인 표정을 보여야 하지만 반대로 전투적이고 빠르고 잽싸게 처신할 필요가 있음을 이런 이야기 속에서 배우게 된다. 그렇다. 시를 두고 시인은 한 마리 나비이기도 하지만 한 마리 벌이기도 해야 한다.

(2013)

시인이 알아 두어야 할 것들

평생 시를 쓰면서 산 사람으로서 시에 대해서 기억하고 있는 좋은 말은 한두 가지가 아니다. 모두가 좋은 말들이고 시를 쓰면서 유념해야 할 말들이다. 폴 발레리 같은 시인의 "시는 무용이고 산문은 도보"라는 말도 좋고, 클로드 브레몽 같은 이의 "산문의 독자는 종장을 향해 줄달음치지만 시에서의 독자는 되도록 그 황홀한 쾌감을 오래 지속시키려고 제자리걸음을 하면서 머뭇거린다."는 말도 좋고, T. S. 엘리엇이 말한 "훌륭한 시인은 훔치고 졸렬한 시인은 빌린다."는 말도 좋고, 누가 한 말인지는 모르지만 "좋은 시는 이해되기 전에 전달된다."는 말도 가슴에 오래 남아 있는 말이다.

개인적인 취향인지 모르지만 이런 말들보다 내가 가장 좋아하는 말은 중국 송나라 때 소동파(蘇東坡)란 사람이 했다는 "시중유화 화중유시(詩中有畵 畵中有詩)"란 말이다. 이 말은 소동파가 전대(前代)인 당나라 시인 왕유(王維)의 그림과 시를 함께 평한 말에서 비롯된다. 왕유는 시만 잘 쓴 게 아니라 그림도 잘 그려 남종화의 시조(始祖)가

된 사람인데 그의 시를 읽으면 그림이 떠오르고 그림을 보면 시가 떠오른다는 데서 나온 말이다.

그만큼 왕유의 시와 그림이 좋다는 얘긴데 나는 이 말을 통해 내 자신 평생을 지녀야 할 하나의 지침 같은 것을 발견하고자 한다. 이 말을 조금만 바꾸면 이렇게 된다. "시를 읽고 그림이 떠오르지 않으면 시가 아니고, 그림을 보고 시가 떠오르지 않으면 그 또한 그림이 아니다." 이 얼마나 무서운 제약이고 주문이고 규율인가! 시 쓰는 사람은 모름지기 자기 시를 읽고 그림이 떠오르나 안 떠오르나 시험해 볼 일이다. 만약에 그림이 떠오르지 않으면 자기가 쓴 시는 이미 시가 아닌 것이다. 내 얘기가 아니라 중국의 옛날 사람 소동파가 그렇게 말했다 하지 않는가!

이 말을 통해 우리가 깊이 새겨야 할 것은 이런 말을 들어 그 내용만 아는 데 그치지 않고 그 말대로 우리들의 시 쓰기를 실천해야 한다는 점이다. 이런 데서도 아는 것〔지(知)〕과 할 수 있는 것〔행(行)〕이 사뭇 다른 것이고, 아는 것보다 할 수 있는 것이 훨씬 어려운 것이고 정말로 그 일을 할 수 있을 때 완전무결하게 아는 것이 된다는 하나의 깨달음과 만나게 된다.

시인이 정말로 살아남는 시인이 되려면 그에게 인구(人口)에 회자(膾炙)되는 시가 한두 편은 있어야 한다. 많은 사람들 입술에 붙어서 여기저기로 옮겨 다니는 시가 한두 편은 있어야 한다는 말이다. 그렇게 되기 위해서는 시인이나 평론가들이 아닌 일반 독자들로부터 인정받는 시가 되어야 한다. 이해되고 지지받고 사랑받아야 한다. 그들은 결코 일급의 독자가 아니고 시를 잘 아는 독자가 아니다. 시를 잘 알지 못하는 사람들한테까지 알려진 시가 되어야 그런 시가 될 수 있는 것이다. 이것이 참 어려운 일로서 이것은 시가 특수성, 개별성을 넘어서 보편성을 확보해야 한다는 말이기도 하다. 다시 한 번 이 대목에서 우리는 괴테의 말을 상기할 필요가 있다. "좋은 시는 어린이에게는 노래가 되고 청년에게는 철학이 되고 노인에게는 인생이 되는 시다."

오늘날 우리들 시에서 많이 모자란 점은 시가 몽글지 않고 거칠다는 점이다. 이것은 단단하지 않다는 말이기도 하고 아름답지 못하다는 말이기도 하다. 지나치게 크고 거칠고 제멋대로고 어렵고 자기도 모르는 말을 늘어놓은 시들이 좋은 시라고 판을 치고 있다. 이런 일을 이름 있는 평론가들까지 나서서 조장하고 있는 걸 보면 왜들 저러나, 마치 도깨비놀음을 보는 듯하다. 주옥편(珠玉篇)과는 거리가 멀어도 너무 먼 시들이 양산되고 있고 좋은 시로 평가되고 있다. 마땅히 주옥편을 지향해야 한다. 주옥편이란 글자 그대로 '구슬 같고 또 구슬 같은 작품'을 말한다. 그러기 위해서는 고전에 눈을 돌려야 한다. 고전이란 역사 속에서 부대끼며 살아남은 작품을 말한다. 왜 살아남았겠는가? 주옥편이었기에 살아남은 것이다.

주옥편이라고 해서 어렵게 생각할 일은 아니다. 상품에 비긴다면 명품이 바로 주옥편이다. 시장에서 잘 팔리는 물건을 보면 뭐든지 탁월한 점이 있고 좋은 점이 있게 마련이다. 그렇지 않고서는 절대로 팔리지 않는다. 시도 마찬가지다. 거친 시, 몽글지 못한 시를 누가 잡아 주겠는가? 헛된 꿈을 꿀 일이 아니다. 허세를 부릴 일이 아니다. 명품이 되지 못한다면 정성이라도 들여야 할 일이고 내용에 신용이라도 있어야 할 일이다. 그래야 독자들이 안심하고 다가올 것이다. 그러나 잠깐! 조심할 일은 명품에 짝퉁이 있듯이 주옥편에도 짝퉁이 더러 있다는 점이다. 그러나 걱정할 일은 없다. 그런 작품들은 당대의 독자들은 속일지 몰라도 역사를 두고 끝까지는 독자를 속이지는 못할 것이기 때문이다.

다음으로 시인이 알아 두어야 할 것은 당연하고 당연한 말인지 몰라도 시에 감동이 있어야 한다는 말이다. 감동은 강력한 정서적 충격, 임팩트(impact)를 말한다. 이는 시인과 독자의 공감을 말하고 감격을 말하고 함께 우는 것을 말하고 이심전심(以心傳心)을 말한다. 이심전심은 공자님의 측은지심(惻隱之心), 바로 인(仁)과 통하고 부처님의 자비심(慈悲心)과 통하고 예수님의 긍휼(矜恤)과 맞닿아 있는 마음이다. 그것은 내 마음이 저 맘이야, 하는 바로 그 마음이고 시인이 이루어야 할 첫 번째 과업이기도 하다. 여기서 시인과 독자의 소통의 길이 열리고 영원한 삶의 길이 약속된다.

마지막으로 알아 두어야 할 것은 시인의 대표작은 시인 자신이 결정하는 것이 아니라 독자들이 결정한다는 점이다. 그만큼 독자들이 무섭다는 말인데 시인들이 독자들 앞에서 겸손해야 할 이유가 여기에 있다. 한번인가는 김춘수 시인에게 "선생님의 대표작은 「꽃」이란 작품이지요?"라고 물었다가 역정을 들은 일이 있다. 알다시피 김춘수 시인은 '무의미 시론'의 주창자다. 그래서 그랬던지 그분은 자신의 초기 작품 「꽃」이란 시의 후반부 "잊혀지지 않는 하나의 의미가 되고 싶다"란 부분에서 '의미'란 단어를 뽑고 그 자리에 '눈짓'이란 단어로 채웠다. 어쩌면 그 작품을 숨기고 싶었는지도 모를 일이다. 그랬기에 벌겋게 얼굴을 붉히면서까지 화를 내지 않았나 싶다.

그러나 여전히 오늘의 독자들에게 물으면 이구동성으로 「꽃」을 김춘수 시인의 대표작으로 꼽는다. 이런 점은 다른 시인에게도 마찬가지다. 박재삼 시인 또한 당신이 생전에 인정하지 않았지만 「울음이 타는 가을 강」이 대표작이고, 신경림 시인에게는 역시 「갈대」와 「목계장터」가 대표작이다. 정말로 본인들이 원하든 원하지 아니하든 독자들 편에서 그렇다면 그런 것이다. 독자들의 명령이다. 그렇게 독자들의 힘은 무서운 것이고 세월의 무게는 큰 법이다. 그렇다면 나의 작품은 어떤 것이 독자들한테 가서 그렇게 될 것인가? 시인 자신이 숙연해지지 않을 수 없는 노릇이겠다.

(2013)

금잔옥대

금잔옥대(金盞玉臺)란 말을 들은 것은 최근의 일로, 차를 다루는 분들한테서다. 그들은 한잔의 차를 마시더라도 제대로 된 찻잔과 잔받침을 구비해서 차를 마시는 것을 좋아했고 그것을 또 어길 수 없는 하나의 원칙처럼 지키고 있었다. 그러면서 그들은 금잔에는 옥대가 있어야 하고 옥대에는 금잔이 있어야 한다고 말했다. 그럴듯한 말이다.

금잔옥대는 본래 수선화의 일종을 가리키는 말이다. 제주도나 남쪽 나라 섬인 거문도에 자생으로 자라는 수선화의 꽃 모양이 꼭 황금빛 잔과 옥으로 빚은 받침으로 되어 있는 것 같다 해서 거기에 붙여진 이름이다. 일찍이 조선 후기 서예가이며 금석문 학자인 추사(秋史) 선생은 9년 동안이나 제주도로 귀양을 가 지낸 일이 있는데 그때 제주도에 청나라에서 처음 보았던 금잔옥대의 수선화들이 지천으로 자라고 있는 걸 보고 많이 기뻐하면서 마음 깊이 사랑하기도 하여 그림으로 그리고 아름다운 시로도 지었다는 일화는 이미 잘 알려진 이야기들이다.

이 금잔옥대란 말은 시 작품에다 대입해도 잘 들어맞는다. 한 편의 시 작품에도 금잔 부분이 있고 옥대 부분이 있게 마련이다. 그렇다고 금잔 부분만 있어야 하고 옥대 부분은 없어도 된다는 말은 아니다. 어디까지나 그 두 부분은 상보적인 관계로서 더불어 필요성을 갖는다.

우리가 알고 있는 시 가운데 조병화 선생의 「해인사」란 시가 있다. 애당초 이 시는 상당히 길이가 긴 작품이었다고 한다. 그런데 한 평론가가 앞부분만 남기고 뒷부분을 과감하게 삭제해 버리는 편이 시를 위해 좋겠다고 권고를 했는데 시인이 이를 받아들여 오늘날 보는 말끔한 시로 재탄생되었다고 한다. 말하자면 시인이 쓴 시의 금잔옥대 가운데 금잔 부분만 떼어 시 작품으로 완성했다는 얘기다. 시를 읽어 보면 이렇다.

큰 절이나
작은 절이나
믿음은 하나

큰 집에 사나
작은 집에 사나
인간은 하나.

그러나 이렇게 금잔 부분만 떼어 놓아도 그 글에서는 다시 금잔 부분과 옥대 부분이 생긴다. 참 묘한 일이다. 이는 시 작품이 죽어 있는 존재가 아니고 살아서 숨 쉬는 생명체이기 때문에 그럴 것이다. 그렇다면 위의 시에서 금잔 부분은 무엇이라 하겠는가? 보는 사람에 따라 충분히 해답이 달라지겠지만 나의 생각으로는 "믿음"과 "인간"이 아니겠는가 싶다.

더하여, 구상 선생의 「꽃자리」란 시에서도 이러한 예를 살필 수 있겠다. 역시 구상 선생의 작품도 원래는 길이가 긴 작품이었다. 그런데 오늘날 여러 가지 경우와 필요성에 따라 시의 앞부분 1연만을 떼어 완전한 시 작품처럼 사용되고 있음을 본다. 인터넷에는 아예 짧은 작품이 정식 작품인 양 오르내리고 있는 실정이다. 원래의 작품과 독자들이 알고 있는 작품을 함께 알아보기로 하자.

〈원래의 시〉

반갑고 고맙고 기쁘다
앉은 자리가 꽃자리니라
네가 시방 가시방석처럼 여기는
너의 앉은 그 자리가 바로 꽃자리니라

앉은 자리가 꽃자리니라

앉은 자리가 꽃자리니라
네가 시방 가시방석처럼 여기는
너의 앉은 그 자리가 바로 꽃자리니라

나는 내가 지은 감옥 속에 갇혀 있고
너는 네가 만든 쇠사슬에 매여 있고
그는 그가 엮은 동아줄에 묶여 있다

우리는 저마다
스스로의 굴레에서 벗어났을 때
그제사 세상이 바로 보이고
삶의 보람과 기쁨도 맛본다

앉은 자리가 꽃자리니라
네가 시방 가시방석처럼 여기는
너의 앉은 그 자리가 바로 꽃자리니라

〈줄여진 작품〉

반갑고 고맙고 기쁘다
앉은 자리가 꽃자리니라

네가 시방 가시방석처럼 여기는
너의 앉은 그 자리가 바로 꽃자리니라
반갑고 고맙고 기쁘다

역시 줄여진 작품에서도 금잔 부분과 옥대 부분은 찾아진다. 사람에 따라서는 "너의 앉은 그 자리가 바로 꽃자리니라"라고 답할 수도 있겠고 "반갑고 고맙고 기쁘다"라고 말할 수도 있겠다. 그나저나 이야기가 여기까지 왔으면 "반갑고 고맙고 기쁘다"에 대한 이야기를 좀 더 하고 넘어가야 한다. 이 문장은 애당초 구상 선생의 것이 아니다. 「아시아의 밤」이나 「첫날밤」 같은 작품으로 유명한 공초 오상순 선생의 말씀을 인용한 내용이다.

생전에 오상순 선생은 다방에서 생활하다시피 하면서 만나는 사람마다 "반갑고 고맙고 기쁘다"는 인사 말씀을 습관처럼 하셨다 한다. 방금 자리를 떴다가 다시 만나는 사람한테도 똑같은 인사말을 되풀이하셨다 한다. 이는 변화무쌍한 생명과 인간에 대한 깊은 외경과 감사가 담긴 축언(祝言)과 같은 말씀이다. 그런 속내가 담긴 말씀을 젊은 시절의 구상 선생이 유심히 듣고 기억해 두었다가 오랜 시간이 흐른 뒤, 당신의 시 작품에 집어넣은 것이다. 말하자면 이 말의 원본은 오상순 선생이지만 시로서 완성한 분은 구상 선생이라 하겠다.

이런 연고가 시에 담겨 있어서 그런 것일까. 이 시는 많은 사람들, 그러니까 시를 잘 알지 못하는 일반 독자들에게 주로 애송되고 사랑받는 시가 되었다. 이는 우연한 일이지만 결코 우연한 일만은 아닌 듯싶은데 오상순 선생으로부터 구상 선생으로까지 이어진 인간 정신의 깊은 울림이 시에 담겨 있어서 그런 게 아닌가 하는 생각이 없지 않다.

(2013)

안다는 것과 할 수 있다는 것

사람이 무엇인가를 안다는 것과 할 수 있다는 것은 큰 차이가 있다. 그런데도 대부분 사람들은 '아는 것'과 '할 수 있는 것'을 혼돈하여 생각하고 있다. 무엇이든 자기 것이 되려면 아는 것만 가지고서는 부족하다. 정말로 자기 것이 되려면 아는 것에 더하여 할 수 있어야 한다.

아는 것은 거의가 다 지식에 관한 것이다. 머리로만 기억하고 이해하면 되는 것들이다. 학교에서 가르치는 것들도 대부분 할 수 있는 것보다는 아는 것에서 그치고 또 평가하고 있다. 그야말로 지식 교육의 맹점이다. 그러다 보니 머릿속만 복잡하고 날카롭고 신경질적인 인간들이 양산되고 있다. 인간성이라든지 인격이라든지 영성과는 영판 거리가 먼 인간이 판치는 세상이 된 것이다.

오래전에 들은 이야기다. 대천이란 고장에 양조장을 해서 돈을 많이 번 부자 노인이 있었다고 한다. 주변 사람들이 어떻게 하면 돈을 많이 벌 수 있느냐고 그 비법을 물었다고 한다. 한참 동안 대답을 피하던 노인이 자꾸만 조르는 사람들에게 내놓은 대답은 전혀 예상 밖의 대답이었다고 한다.

"정말로 돈을 많이 벌고 싶은가? 그렇다면 책에 없는 것을 알아야만 해."

책을 통해서 돈 버는 방법을 배우고 또 그것으로 돈을 벌 수만 있다면 돈을 벌지 못하는 사람이 어디 있겠는가! 노인의 말 속에는 조용한 힐책(詰責)이 숨어 있다. 그러하다. 정말로 돈 버는 방법을 책을 통해 알 수 있다면 세상에 부자 아닌 사람이 어디 있겠는가! 예를 들어 그것은 공부 잘하는 방법, 글 잘 쓰는 방법, 그림 잘 그리는 방법, 노래 잘 부르는 방법, 꽃 잘 기르는 방법 등을 두고서도 마찬가지다.

문제는 알고 있는 내용을 실천하여 내 것으로 만드는 일이다. 한두 번 가지고서는 안 된다. 짧은 시간 가지고서도 안 된다. 오랜 시간 집중하여 공을 들이고 노력해야만 아는 것에 더하여 할 수 있는 능력이 생긴다. 그래야만 진정한 내 것이 된다. 바로 이것이 어려운 것이다. 관건이다.

언제든 아는 것과 할 수 있는 것이 일치되지 않는 데에 우리네 인생의 비극이 있어 왔다. 어쩌면 그것은 인간에 씌운 신의 굴레요 사슬인지도 모른다. 일생을 두고 볼 때, 젊은 시절에는 할 수 있는 능력에 비하여 아는 것이 많이 부족하다. 그래서 아는 것에 중점을 두고 공부를 하도록 되어 있다. 그렇게 공부도 하고 경험을 쌓아 나이를 먹게 되면 할 수 있는 능력이 생긴다. 미래를 볼 줄 아는 지혜도 생긴다. 그러나 그때쯤 되면 인간은 나이를 많이 먹은 사람이 되게 마련이다.

조오현 스님이 쓴 『절간이야기』란 책에 늙은 석수장이 이야기가 나온다. 절간을 떠돌며 바위에 마애불을 새기는 일로 평생을 보낸 석수장이. 나이가 들어 바위를 보기만 하면 바위 속에서 웃고 있는 부처님 얼굴을 볼 수 있고 뛰노는 동자 스님의 모습도 볼 수 있게 되었다. 정과 망치를 들고 그걸 쪼아 꺼내기만 하면 된다. 그런데 이를 어쩌면 좋단 말이냐! 나이가 들어 정을 들 힘도 없어지고 망치로 바위를 내려칠 힘도 사라져 버린 늙은이. 눈까지 흐려져 잘 보이지 않는 늙은이. 그래서 어느 날 바위에 앉아 꺼이꺼이 우는 것을 스님이 보고 글로 썼다는 것이다.

이는 글 쓰는 사람들에게도 많은 것을 귀띔해 준다. 단연 글 쓰는 일도 이와 다르지 않다고 본다. 젊은 시절 우리는 좀은 우악스럽게 억지스럽게 글을 썼다. 오직 제 생각 제 입장만 고집하며 글을 썼다. 그렇게 글을 쓰면서 점점 글의 마음도 헤아리게 되고 독자의 입장도 배려하게 되었다. 살아서 숨결이 통하는 글을 쓸 줄 알게도 되었다. 그러나 이를 또한 어찌하랴! 점점 기력은 쇠하고 눈은 흐려지고 총기마저 바닥이 난 것이다. 모름지기 조심할 일이다. 서두를 일이다. 더 늦기 전에 부지런히 쓰고 싶은 글을 쓰기 위해 수련을 쌓고 좋은 글을 한 번이라도 더 남기려고 애써야 할 일이다.

(2013)

시 읽기와 외우기

우리들 사람에게 언어가 있다는 것은 인간에게 정신이 있고 마음이 있고 영혼이 있다는 것을 가장 확실하게 보여 주는 증거다. 이러한 언어로써 표현한 것이 글인데 글 가운데서도 가장 중요하고 핵심적인 글은 시다. 그래서 나는 시를 '인간 영혼의 보석'이라고 말을 하곤 한다.

시는 어떠한 것이든 짧고 간결하며 아름다운 말로 표현되어 있다. 그 내용 또한 아름다운 인간의 마음을 담고 있다. 이러한 시를 읽거나 외우면 우리들 마음이 저절로 맑아지고 아름다워지고 깨끗해진다. 때로는 마음의 위로를 받기도 하고 즐겁기도 하고 편안해지기도 한다.

시를 외우거나 읽는 일은 노래를 부르는 것과 같다. 우리가 노래를 부르면 어떻게 되나? 마음이 편안해지고 즐거워지지 않는가. 시를 외우거나 읽는 것도 바로 그래서 하는 것이다. 그러므로 될수록 좋은 시를 많이 외우거나 읽을 필요가 있다.

프랑스의 초등학교 저학년 프랑스 어 정규 수업 시간에는 시 외우기 수업이 있다고 한다. 시 외우기를 통해 아름답고 품위 있는 모국어 사용을 배운다고 한다. 그리고 영국 같은 나라에서는 16세 시험에 셰익스피어를 논하라는 문제가 꼭 나온다고 한다. 그만큼 문학작품 읽기나 시 외우기가 중요하다는 얘기가 되겠다.

시를 읽거나 외울 때 중요한 것은 표현이 쉬우면서도 깊은 내용이 담긴 시 작품을 골라서 외우는 일이다. 그렇게 하도록 어른들도 어린 세대들을 도와야 한다. 또 시 작품을 외우거나 읽을 때 따지면서 하는 것이 아니라 느끼면서 하는 일이 중요하다.

최근, 대학 수능 시험에 시가 출제되면서 시를 분석하고 따지고 이성적인 잣대나 이론으로 분해하면서 감상하게 하는데 그것은 별로 좋은 시 감상법이 아니다. 우리가 노래를 부를 때 어떻게 부르는가? 결코 따지면서 부르지 않는다. 그냥 좋아하면서 부른다. 시 읽기도 마찬가지다. 그렇다. 좋은 시는 설명 없이 전달되고 이해되는 시다. 그런 시를 골라서 읽고 외워야 한다.

시도 사람 마음에 도움을 주는 시가 제일이다. 읽어서 사람 마음을 불안하게 하고 힘들게 만들고 괴롭게 하는 시는 결코 좋은 시가 아니다. 읽어서 쉽게 이해가 가지 않는 까다롭고 어려운 시도 별로 좋은 시가 아니다. 그런 시는 읽지도 말고 외우지도 말아야 한다. 어디까지나 내 마음에 들고 내 마음을 위로해 주고 내 마음을 따뜻하게 감싸 주는 시가 좋은 시다.

그래서 시에는 치유의 기능이 있다. 축복의 기능도 있다. 역시나 시가 영혼의 영역에서 나오는 것들이기 때문이다. 이런 점에서 시는 사치품이 아니고 실용품이다. 우리들 인생과 삶에 도움을 주는 그것은 적극적인 필수품이고 더 나아가 좋은 약과 같은 기능을 하는 것이다. 부디 좋은 시를 많이 읽고 외우면서 여러 젊은 세대들이 행복해지고 편안해지고 아름다워지기를 바란다.

(2013)

우리는 이미 행복한 사람

저녁 때
돌아갈 집이 있다는 것

힘들 때
마음속으로 생각할 사람 있다는 것

외로울 때
혼자서 부를 노래 있다는 것.

최근 나의 시 가운데 「풀꽃」 시와 더불어 독자들에게 가장 많이 읽히고 있는 시가 있다면 그것은 「행복」이란 시일 것이다. 겨우 여섯 줄짜리 간결한 시. 표현도 매우 평이하여 어려운 단어 하나조차 없는 작품. 특히 현학(顯學)을 좋아하는 분들은 이게 무슨 시냐고 그럴지 모르고 아이들이 읽는 동시가 아니냐고 핀잔하려고 할지도 모른다.

허지만 내 생각은 많이 다르다. 비록 짧은 구문이요 평이한 문장이지만 그 안에 우리네 인생의 내력이 들어 있고 삶의 진실이 담겨 있노라 말하고 싶다. 꼭 어렵게 까다롭게 표현하는 시만 좋은 시가 아니다. 반대로 어려운 내용을 쉬운 언어로 표현하는 편이 더 상품이라고 믿는 바다.

애당초 '행복'이란 흔하면서도 흔하지 않고 쉬우면서도 쉽지 않은 그 무엇이겠다. 도대체가 무엇이 행복이고 어떻게 사는 삶이 참으로 행복한 삶이란 말인가? 누구는 물질로 잘사는 삶이 행복한 삶이라고 말할지도 모른다. 한 시절 우리도 그랬다. 무조건 잘 먹고 잘 입고 좋은 집에서 떵떵거리며 사는 것이 행복한 삶이라고 믿고 우기던 시절이 있었다.

그래서 사람들은 기를 쓰며 돈을 벌려 했고 재산을 늘리려 했다. 아파트라도 한 채 가지고서는 양이 차지 않아 몇 채씩 가지려고 그랬다. 자라는 아이들더러도 무조건 잘하라고만 권했고 이기라고만 가르쳤다. 그래서 우리는 행복했고 우리의 자식들은 만족할 만한 내일을 살았던가? 대답은 전혀 그렇지 아니올시다 쪽이다.

채워도 채워도 채워지지 않는 마음의 허기 속에서 갈급(渴急)함으로 우리는 허우적대면서 살아야 했다. 겉만 번지르르할 뿐 속사람은 황폐함을 면할 수 없었다. 제각기 거지 신세를 면치 못했다. 집 거지, 돈 거지, 차 거지, 옷 거지, 음식 거지, 명예 거지가 우리들의 실상이라면 실상이었다. 결코 행복한 삶과는 거리가 멀어도 한참 먼 우리네 삶이었다.

행복에 관한 한 이 시대의 우리들뿐만 아니라 과거의 사람들도 많이 찾아 헤맸을 것이고 많이 생각을 해 보았을 것이다. 「치르치르와 미치르」 같은 동화에서도 보면 행복을 상징하는 '파랑새'를 찾아 많은 세상을 헤맸지만 끝내 찾지 못하고 지쳐 자기 집으로 돌아왔을 때 이미 자기 집에 그 '파랑새'가 있었음을 깨달았다는 아이들이 나온다.

동화 속 아이들만 그런 것이 아니라 우리 자신도 이렇게 행복을 멀리서만 찾았던 게 사실이다. 그리고는 자칫 실망했다. 여기서 하나의 각성이 필요하고 반전이 필요하다. 소중한 것, 아름다운 것은 애당초 우리들 가까이에 이미 있었음을 알아야 한다. 행복 또한 먼 곳에 있는 것이 아니라 나와 함께 이미 있었음을 깨달아야 한다.

행복을 깨닫기 위해서는 결핍이 선행되어야 한다. 결핍이란 궁핍과는 다른 것이다. 궁핍은 처음부터 없는 것이고 결핍은 전에는 있었으나 지금은 없는 상태를 말한다. 다시금 '있음'의 상태를 강력하게 희구하는 것이 결핍의 능력이다. 이 결핍이 자신의 모든 것을 다시금 살피게 하고 재인식하도록 안내한다. 여기서 드러나는 것이 행복이다.

나라고 해서 처음부터 행복에 대해 스스로 쓴 시에서처럼 그렇게 명쾌하게 결론을 내릴 수 있었던 사람은 아니다. 중년을 넘기고 노년에 이르러 아, 그것이 그랬구나, 조금쯤 마음의 눈을 떠서 행복의 실체를 보았던 것이다. 그리므로 나 또한 동화 속의 아이들이나 마찬가지 인간이라 할 것이다.

미국을 여러 차례 여행한 적이 있다. 미련스럽게도 엘에이와 캘리포니아 주만 다섯 차례나 되풀이 여행을 했다. 여행 중 선진국이란 나라에 홈리스들이 너무나도 많다는 걸 보고 놀랐다. 아침마다 줄을 서서 음식 배급을 받는 떠돌이들이 많았다. 어떤 경우는 손수레 같은 것에 이불이며 살림 도구를 싣고 거리를 떠도는 축들도 있었다. 그들 속에 행복이란 것이 있었다고 말할 수 있을까?

앞의 시의 1연에 나오는 '집'은 우리가 살아가는 의식주 내지는 물질을 말한다. 2연에 나오는 '사람'은 어울려 살아가는 인간 사회를 말하고, 3연의 '노래'는 문화 일반을 말한다. 적어도 우리가 행복하게 살아가기 위해서는 그 세 가지가 있어야 한다는 것이다. '저녁때', '힘들 때', '외로울 때'는 각각 우리가 취약할 때를 말하고 또 결핍이 주어진 시기를 지칭한다.

생각해 보면 우리 자신은 이미 행복한 사람들이다. 적어도 우리는 저녁때가 되어 돌아갈 집이 없는 사람이 아니지 않는가! 힘든 일이 있을 때 역시 마음속으로 생각할 사람이 왜 한두 사람쯤 없겠는가! 그리고 또 외로울 때 부를 노래가 왜 없겠는가! 다만 우리가 그것들을 모르거나 눈감고 있을 뿐이겠다. 그러고 보면 이 세상 사람들은 두 부류로 나뉜다 하겠다. 자기가 행복한 사람임을 아는 사람과 모르는 사람, 그렇게 말이다.

(2013)

스승 같은 벗

얼마 되지 않는 일이다. 누구에게선가 '사우(師友)'란 말을 들은 적이 있다. 글자 뜻대로 말한다면 스승과 벗이란 말이 된다. 그러나 본래는 '스승 같은 벗'이란 뜻이다. 스승 같은 벗이라? 스승이면 스승이고 벗이면 벗이었지 어찌 스승과 같은 벗이란 말인가?

이 말을 처음 쓴 사람은 양명학(陽明學)의 좌파 학자인 탁오(卓吾) 이지(李贄)이다. 그의 책 『분서(焚書)』 1권에 나오는 말이다. 양명학은 성리학의 일파로 중국 명나라 시절, 왕양명이라는 사람이 일으킨 좌파적 시각을 지닌 유교 학파인데, 여기서도 이지는 더욱 급진적이고 개방적이어서 당대의 지식인들로부터 비난과 핍박을 한 몸에 받았으며 끝내는 탄핵을 입고 감옥에 갇혀 자진으로 생을 마감한 불행한 인물이다.

인물이 그렇고 사연이 그렇다 쳐도 그의 생각과 주장은 오늘에 와서도 사뭇 새로운 바 없지 않고 가슴에 사무치는 바 크다. 다시 '사우'란 말로 돌아가 '스승 같은 벗'이란 말을 들여다보면 그것은 '스승처럼 배울 것이 없으면 벗이 될 수 없다.'는 말이기도 하고 '벗처럼 마음속 비밀을 털어놓을 수 없으면 스승이 될 수 없다.'는 말이 된다.

아, 세상에 어찌 이렇게도 아름답고 좋은 말이 있단 말인가! 내가 어찌 뒤늦게야 이렇게 좋은 말씀을 알았단 말인가! 스승이지만 벗 같은 스승. 벗이지만 스승 같은 벗. 아니 벗이면서 스승인 한 사람. 이런 사람이 어디에 있단 말인가? 인생을 두고 이런 사람을 한 사람이라도 가진 사람은 진정 행복하고 충만한 인생을 사는 사람이리라. 그렇다면 사람들은 이런 사람을 가지고 있는 걸까? 멀리 갈 것도 없이 나는 이런 사람을 지금껏 한 사람이라도 가졌던 것일까?

이제는 교직을 벗어났지만 나는 43년 동안 초등 교단에 머물렀던 사람이다. 교직 첫해에 아이를 낳았다면 그 아이가 마흔다섯 중년의 나이가 되었을 그런 세월이다. 이렇게 긴 시간의 흐름 속에 나는 한 번인들 벗 같은 스승이 되었던가? 나의 제자들로 하여금 마음속 고민을 훌훌 털어놓고 얘기할 수 있도록 권장하고 배려하고 허용하는 그런 스승이 되었던가?

솔직히 말해 나는 전혀 불합격인 사람이다. 아이들에게 폭군처럼 군림했고 아이들을 억압했으며 때로는 모욕적 폭력적 방법을 동원하기까지 일삼지 않았던가! 아 부끄러운 초상이여. 쥐구멍이라도 찾고 싶은 몰골이여. 이를 어찌하면 좋단 말인가? 이제 와 아무 것도 돌이킬 것이 없는데 후회와 참회의 강물만 세찬 물소리로 가슴을 훑으며 흘러간다. 만회할 수 없다는 것, 돌이킬 수 없다는 것, 이것은 절망이고 더없는 고문이다.

나 어찌 한 사람 선생이 되었으랴. 부친의 권유에 의해 고향의 시골 중학교를 졸업하고 초등학교 교사가 되는 사범학교에 들어간 것이 결정적 원인이었으리라. 하나의 호구지책이었고 입신양명의 방편이기도 했을 것이다. 물론 교직 생활로 해서 좋은 일, 보람 있는 일도 없지 않았다. 허지만 잘못한 일, 부끄러운 일, 후회스런 일들이 산처럼 높고 크다.

기독교 신자지만 나는 불교적 입장에서 환생이 허락된다면 인간으로의 환생을 희망하지 않는 사람이다. 무엇보다도 사람 노릇하기가 힘들었다. 사람 가운데서도 뜻이 있는 사람 노릇하기가 힘들었다. 더하여 선생의 입장에 서는 일이 참 고달프고 힘들었다. 다시금 인생을 연장해 주고 직업을 권한다면 나는 결단코 교직의 자리를 원하지 않을 것이다. 그냥 일반적인 다른 일거리를 원할 것이다.

선생의 자리를 면한 오늘날 나는 더없이 평안하고 안온한 마음이다. 그런 가운데서도 '사우'란 말을 곱씹어 본다. 정말로 나에게 교직이 허락된다면 하루라도 좋으니 나는 '벗 같은 스승'이 한번 되어 보리라. 아니다. 아직도 남은 날, 내 주변의 많은 사람들에게 '스승 같은 벗'이 되어서 살려고 노력하리라. 늙은 사람이지만 새롭게 각오하고 옷깃을 여미며 세상을 바라보며 사람들 앞에 서 보고자 한다.

(2012)

문학 나이

출가한 스님들에게는 법랍(法臘)이란 나이 계산법이 있다. 스님이 된 이후부터의 햇수를 계산하는 나이 계산법이다. 마찬가지로 시인들에게도 시인으로 등단하여 글을 발표하면서부터의 햇수를 따져 등단 몇 주년이란 말을 사용한다. 일종의 특수한 나이 계산법인 셈이다.

나의 시를 두고서도 세월을 가늠해 본다. 〈서울신문〉 신춘문예에 당선되어 시인이 된 것이 1971년이니까 올해로 40년을 넘기고 있다. 40년 세월. 결코 짧지 않은 세월이다. 그러나 처음 시를 쓰기 시작하면서 시인이 되고 싶었던 것이 고등학교 1학년 때요, 그때가 1960년이니까 시인을 가슴에 품고 산 것을 따지자면 50년이 또 넘는 시간이다. 지긋지긋하지도 않나, 그렇게 오랜 날들을 시를 두고 사모해 오다니….

본래 한미(寒微)한 집안, 시골 출신인 데다가 초등학교 교사가 되는 고등학교인 사범학교를 다녔으므로 대학 교육을 받지 못했다. 문학의 스승이 없었으며 가지런한 문학 이론이나 문학 공부를 하지 못했다. 오로지 문학 서적만이 스승이었고 마음의 벗이었다. 등단 이전 동인 활동 같은 통과의례도 치르지 못했다. 주변에 문학을 하는 또래가 별로 없었다. 오직 혼자서 밤길을 걷는 심정으로 사막길을 가는 팍팍한 걸음으로 문학의 길을 걸었다.

말하자면 나는 스승 없이 된 시인으로 무학(無學)의 시인이라 할 것이다. 문단 흐름이라든지 서울 문인들과의 교류라든지 그런 현실적인 면에서 안목이 없었을 뿐더러 문학사조나 이념과 같은 정신적인 면에서도 함량이 많이 부족한 입장이었다. 그러므로 언제 어디서나 배우고 익히는 사람이 되어야 했다. 그것이 살아남는 유일한 방법이었다. 메모가 기본이었고 그 누구도 나의 스승이었으며 자연이나 사물 그 어떤 것한테서도 새로움을 발견하려고 노력했다.

젊은 시인 시절, 또래 시인들이 많이 궁금했고 서울 시인들이 많이 부러웠다. 가끔 서울 나들이를 했지만 서울 시인들은 쉽사리 자기네들 울타리 안으로 받아들여 주지 않았다. 또한 신문사 신춘문예 출신이었으므로 모지(母誌)가 없는 것이나 마찬가지여서 쓸쓸함은 더했다. 실상 문단에서는 출신 잡지가 중요하다. 또 출신 학교가 중요하고 때로는 단체나 이념, 출신 지역이 중요하게 작용한다. 누군가가 뒤에서 돌보아 주어야 하는 것이다. 그런 의미에서 또 나는 배경 없는 시인이었다 할 것이다.

그러나 전혀 원군이 없었던 것은 아니다. 신춘문예 심사위원인 박목월, 박남수 선생의 보살핌이 그것이다. 박목월 선생은 뒤에서 조용히 지켜보면서 정신적인 지원을 아끼지 않았을 뿐더러 시집 서문에다가 결혼식 주례까지 맡아 주셨으며, 박남수 선생은 시 전문 잡지 〈현대시학〉 주간인 전봉건 선생을 소개해 주어 전 선생으로부터 많은 배려를 받도록 하셨던 것이다. 그 이후로 나는 〈현대시학〉 출신 시인들보다도 더 많은 도움을 전봉건 선생으로부터 받았다. 작품 발표도 그렇거니와 첫 시집 『대숲 아래서』 제작도 전봉건 선생이 전적으로 맡아서 해 주었던 일이다.

또 젊은 시인 시절 내가 가장 관심을 가졌던 또래 시인은 강원도 속초의 이성선 시인이었다. 그나 내나 많이 외롭고 헛헛한 입장이라 대번에 마음이 통했고 글이 통했던 것이다. 1975년인가 처음 내 편에서 속초를 방문한 이래 우리는 자주 편지를 주고받는 사이가 되었고 오며 가며 만나는 정다운, 참 좋은 마음의 벗이 되었다. 나에게 있어 '사우(師友)'란 말이 필요하다면 오로지 이성선 시인을 두고 떠올리는 말일 것이다.

"스승으로 삼을 수 없다면 그와는 벗이 되기 어렵고 마음속에 있는 말을 털어놓지 못하는 사람이라면 또한 스승으로 섬기기 어렵다."란 이탁오의 말. 나에게 있어 이 말이 적용되는 사람은 이성선 시인 한 사람 말고는 없다. 참 맑았던 사람. 초식동물같이 순하고 선했던 사람. 우리는 오늘도 그의 한없이 맑고 드높은 시를 잊지 못한다. 무슨 급한 일이 있어 그리 서둘러 하늘나라로 떠나야 했던가. 평소 '하늘과 별과 구름과 달'을 그리도 좋아하고 그리워하더니 그만 그들의 일부가 되고 싶었던 것인가!

사람들은 나더러 '다작 시인'이라 부르기도 한다. 시를 많이 썼을 뿐더러 시집을 많이 냈다는 말을 그리 표현하는 것이다. 오늘에 이르러 약간의 회한이 없는 건 아니지만 어쩔 수 없는 일이었지 생각한다. 그러면 왜 그토록 많은 시를 써야만 했을까? 시에 대한 기준이 낮아서 그랬다고 할 수도 있을 것이다. 같은 의미의 말이긴 하지만 주변에 사람이 많지 않아서 그랬다고 말할 수도 있겠고 시골살이의 외로움 때문에 그러했노라 변명할 수도 있는 일이다. 허지만 이제 와 나는 그것을 후회하고 싶지는 않다. 혼탁했던 시절, 그 같은 시마저 나에게 없었다면 그 어떤 힘으로 그 어지러움과 흔들림을 견딜 수 있었으랴 싶기 때문이다.

시인이 되어 오랜 세월 존경하며 따랐던 선배 시인들이 여럿 있다. 그런데 그분들은 대부분 일찍 세상을 떠난 분들이다. 박목월 선생이 세상을 떠난 것은 62세요, 박용래 선생의 경우는 55세. 지금 내 나이보다 훨씬 이른 연세이시다. 그런데도 그분들은 나보다 훨씬 어른 같고 더 오랜 세월 이 땅에 사신 것 같다. 참 허전한 일이요 꿈결 같은 노릇이다. 과연 그분들을 내가 세상에서 만난 일이나 있었던가… 시간이란 이렇게 우리를 아득하게 막막하게 만들어 주는 요술이 있다.

과거 한 시절, "요절 시인"이란 말이 있었고 "시인은 단명한다."는 말도 있었다. 그러나 요즘은 그런 말들이 별로 맞지 않는 것 같다. 평균 수명이 늘어나면서 장수하는 시인들이 많아지고 있는 추세다. 91

세를 '망백(望百)'이라고 말하고 99세를 '백수(白壽)'라고 부른다. 허지만 이러한 말들은 일찍이 들어 본 적이 없는 용어들이다. 왜냐하면 우리 주변에서 91세나 99세까지 사시는 어른을 도통 만나 보지 못했음으로써다.

이제 나 자신부터도 젊었다고 말할 수 없는 나이가 되었다. 만으로 쳐서 66세. 고희라고 말하는 70세에 육박하는 나이. 허어, 이거 낭패가 아닌가! 육신으로 장수한다면 문학으로도 장수하고 시인으로서도 좋은 일을 많이 하면서 세상에 남아야 하는데 큰일이지 싶다.

시는 과연 나에게 무엇이었나? 왜 나는 청소년 이래 줄기차게 시를 가슴에 품고 살았던가? 변명이야 여러 가지겠지만 시는 나에게 마음의 위로와 힘을 주었다. 시를 읽고 쓰는 시간만은 편안한 마음이었고 가장 좋은 정신 상태에 이를 수 있었고 나 자신 살아 있는 사람이라는 각성을 지닐 수 있었다. 말하자면 내가 꿈꾸는 최상의 인간을 시가 주었다는 것이고 존재 가치와 삶의 의미를 느끼게 했노란 얘기다.

그뿐더러 나의 시는 세상한테 무엇이었으며 어떤 일을 했는가에 대해서도 묻지 않을 수 없다. 뭐니 뭐니 해도 나는 단군의 건국이념인 '홍익인간(弘益人間)'을 삶의 가치 가운데서도 가장 높은 가치로 생각한다. 홍익인간까지는 어렵다 하더라도 조금이라도 세상한테 인간한테 도움이 되는 일을 하는 것이 좋은 일이라고 본다. 그렇다면 다시 나의 시는 과연 세상한테 무슨 좋은 일을 했던가? 막막한 물음이 아닐 수 없다.

시 가운데서는 삶의 희망이 되고 위로가 되고 꿈을 줄 수 있는 시가 최고의 시라고 생각한다. 기쁨을 주고 삶의 보람이 되고 방향 잡이가 된다면 더욱 좋은 일일 것이다. 그렇다면 나의 시는 그러한 주문에 얼마만큼 충족한 시였던가? 다시 한 번 막막한 질문이다. 나는 나의 시에게 주문한다. 힘들고 어려운 이웃들의 어깨 위에 얹히는 가볍고도 향기로운 꽃다발이 되어라. 위로의 메시지가 되어라.

일찍이 내가 힘들고 어렵던 시절 그 한 편의 시가 내게 있어 좋았던 것처럼 누군가에게로 가서 내 한 편의 시도 그로 하여금 견딜 수 없는 일을 견딜 수 있도록 해 준다면 얼마나 좋을까. 먼 훗날, 누군가의 입에서 나의 시로 하여 어려운 가운데서도 좋았노라, 그래도 도움이 되었노라, 그런 평가와 고백의 말이 나온다면 얼마나 좋을까. 이루기 어려운 욕심이겠지만 이런 소망과 함께 육신으로 장수하는 시대에 시로서도 장수하는 문학 나이를 잠시 꿈꾸어 본다.

(2011)

생애의 위기에서 만난 책들

어린 시절부터 수없이 많은 책을 읽었을 것이다. 그러나 가장 인상에 남기로는 생애의 위기 때 읽었던 책들에 대한 기억이다. 살아오면서 몇 차례의 위기가 없지 않았다. 그 가운데 50대 중반의 위기와 60대 초반의 위기에 좋은 책을 읽고 많은 도움을 받은 바 있다. 50대 중반 나는 교직 생활 중 좌천 비슷한 일을 당한 적이 있었다. 억울하고 분했다. 세상이 많이 원망스러웠다. 그렇다고 시가 잘 써지는 것도 아니었다. 두루 사면초가에 처했던 시기였다. 막막했다. 쓰러진 자리에서 다시는 일어설 수 없을 것 같았다.

대오 각성이 필요했다. 결코 지금처럼은 살지 않겠다는 결심을 세웠다. 문학 모임에 나가는 일, 사람을 만나는 일을 줄이고 산문을 쓰는 일도 줄였다. 혼자서 들길을 걷고 또 걸었다. 책도 지금까지 읽던 책과는 반대 방향의 책을 읽으려고 노력했다. 그때 만난 책들이 몇 권 있는데 그 제목이 『월든』, 『인도방랑』, 『인도여행』, 『노자강의』 등이었다.

『월든』은, 일찍이 『숲 속의 생활』이란 이름으로 읽은 바 있지만 별로 감동이 없었다. 그런데 이번의 책은 안 그랬다. 강승영이란 탁월한 번역가의 유려하면서도 적확한 번역에 의해 원저자 헨리 데이비드 소로의 사상과 생활이 고스란히 전해져 왔다. 1845년. 미국. 문명세계를 등지고 월든 호숫가에 들어가 오두막집을 짓고 지극히 자연적이고 소박한 삼림 생활을 실험적으로 살았던 2년 동안의 기록. 그 내용들은 150년의 시간대를 건너 한국의 한 실패한 시인에게까지도 의미 있는 메시지가 되기에 충분했다. 아, 이런 삶도 있었구나. 이렇게 살 수도 있는 거구나. 책을 읽으면서 세상을 바꾸는 것보다 나를 바꾸는 것이 우선이란 것을 알았다. 보는 각도와 시점(視點)이 문제였다.

일본의 사진작가 후지와라 신야의 『인도방랑』도 좋은 책이었다. 젊은 시절 사진 찍으러 인도에 건너갔다가 한동안 인도에 눌러 살면서 보고 듣고 사진 찍은 것들을 가지고 만든 책인데 이 책 역시 새로운 세상을 보는 거울이 되어 주었다. 여기가 아닌 거기, 오늘이 아닌 어제나 내일에 대한 기록은 나로 하여금 세상을 멀리 보라고 가르쳐 주고 있었다. 이와 함께 읽었던 책은 또 우리나라 법정 스님의 『인도여행』이란 책이었다.

그리고 『노자강의』가 한동안 내 손에서 떨어지지 않았다. 읽어도 안 읽은 것 같고 안 읽어도 읽은 것 같은 책, 『노자』. 그 책은 중앙의 유명한 학자나 교수가 번역한 책이 아니라 우리 고장 공주의 계룡산

기슭에 숨어서 평생을 공부만 하면서 살고 있는 추만호 거사의 번역본이었다. 이 책은 그 어떤 책보다도 해석이 치밀하고 친절하여 이 방면에 식견이 부족한 사람들에게까지 충분한 삶의 지침이 되었다. 아마도 조각 시간을 이용해 읽었을 것이다. 시내버스를 기다리는 시간이나 출장길에 자주 꺼내어 읽었을 것이다. 이러한 책들을 통해 나는 내 삶을 새롭게 조망해 보는 기회를 가졌고 내 시를 새롭게 출발시키는 계기로 삼았다. 이 어찌 고마운 일인가! 조금쯤 새로운 시들을 쓸 수 있었고 연필 그림도 새롭게 시작했고 산문을 제대로 쓰는 자세도 익히게 되었다.

가장 최근에 닥친 위기는 2007년도의 일로 6개월에 걸쳐 병원 생활을 하던 시절이다. 교직 정년을 6개월 앞두고 덜컥 죽을병이 들어 병원으로 실려 간 것이다. 병명은 담즙성 범발성 복막염. 쓸개 줄에 생긴 돌이 쓸개를 터뜨리는 바람에 쓸개 액이 몽땅 복강으로 쏟아져 나와 뱃속 전체에 염증을 발생시킨 병이었다. 게다가 그 염증이 췌장까지 건드려 수술 불가, 회생 불가의 판정을 받았다. 자연 치유 능력이나 믿어 보라는 것이 담당 의사의 권고였다.

정말로 다시 살아날 가망은 거의 없었다. 대전과 서울의 두 종합병원을 돌면서 의사도 손을 놓고 가족들도 손을 놓고 오직 환자인 나 자신만 포기하지 않고 매달렸다. 정말로 무엇에 그렇게 매달렸던가? 오직 신이었다. 신의 자비를 빌고 싶었다. 신의 선택을 받고 싶었다. 기도만이 유일한 방법이었다. 기도가 쌓이고 쌓여 조금씩 병세가 호전되기 시작하던 어느 날. 비척거리는 발걸음과 환자복 차림으로 아내의 손에 의지하여 병원의 지하층에 있는 구내 서점을 구경 간 적이 있다. 거기서 발견한 책이 바로 괴테의 『이탈리아 여행』이었다. 아! 이 책. 평소 읽고 싶었던 책인데 얼른 사 들고 병실로 돌아와 읽었다. 보통의 책이 아니었다.

괴테라면 독일, 언뜻 시인이며 극작가, 소설가라고 떠올릴 수 있는 사람이다. 바이마르 공국의 재상이었다는 걸 말하는 사람은 좀 더 많이 아는 사람일 것이다. 그런데 그는 그런 정도에서 설명이 그칠 인물이 아니었다. 동시에 지질학, 광물학, 해부학 등에 조예가 깊은 과학자이기도 했다. 책을 읽다 보니 그는 또 한 사람 화가이기도 했다. 책의 구석구석에 들어 있는 날렵한 스케치들이 그것을 말해 주고 있었다. 나는 책을 읽다가 망연자실하지 않을 수 없었다. 괴테라는 이 사람. 괴테란 사람을 길러 낸 독일이라는 나라. 두려운 생각이 들었다. 이 두려운 생각이 또 삶에 대한 희망을 안겨 주었다.

역시 같은 병실에서 읽었던 책이 또 한 권 있다. 그것은 우리나라의 중등학교 지리과 교사들 모임인 '지리교육연구회 지평'의 회원들이 남미의 몇 나라들을 여행하고 나서 공동 집필한 『지리교사들 남미와 만나다』란 여행기였다. 그러나 이 책은 일반 여행기와는 다르게 지리학적인 자료나 내용들이 신선하고 현실적이어서 감동을 주었다. 가 본 적이 없는 나라, 그 나라들에 대한 여러 가지 문물과 인간들의 이야기를 병상에 누워서 읽는 느낌이 특별했다. 실은 이 책은 내가 구입한 것이 아니라 책을 낸 푸른길출판사의 사장인 김선기 씨가 문병 올 때 읽어 보라고 가져다 준 책인데 이 책으로 하여금 생의 활력을 충분히 얻을 수 있었으니 그 어떤 위로나 선물보다도 귀한 선물이 되었다 할 것이다.

병상에 있으면서 아주 많이 읽고 싶었던 책이 한 권 더 있었다. 그것은 브루노 바우만의 『타클라마칸』이란 책이다. 그 책은 내가 병이 나서 병원으로 가기 전에 머리맡에 놓아 두고 잠들기 전에 조금씩 야금야금 읽던 책이었다. 책 제목 앞에 '돌아올 수 없는 사막'이란 말이 부제처럼 붙어 있었는데, 묘하게도 그 책은 100년 전 최초로 타클라마칸을 횡단한 스벤 헤딘의 타클라마칸 횡단의 여정을 그대로 따라가면서 겪은 일들을 쓴 책이다. 그래서 내용이 이중구조로 되어 있었다. 이 이중구조가 책을 읽는 기쁨을 더해 주었다. 그런데 그 책을 거의 다 읽고 마지막 부분 10여 페이지를 남겨 두고 병원에 가고 말았던 것이다. 죽을지 살지 모르는 병상에서 기어코 살아서 집으로 돌아가 읽지 못한 그 책을 마저 읽고 싶었다. 그것이 나만의 작은 소원이었다. 실은 이것도 삶의 의욕을 주는 좋은 요인이 되어 주었다.

결국 퇴원하여 내가 제일 먼저 한 일 가운데 하나가 바로 『타클라마칸』의 그 마지막 부분을 마저 읽는 일이었음은 물론이다. 생각해보니 위기를 만나 읽은 책들이나 못내 읽고 싶었던 책 가운데 대부분이 여행기였다는 점에서 공통점이 있다. 이렇게 사람은 나이가 들면서 여행기를 즐겨 읽는 경향이 있다. 때로 우리에게는 나의 이야기가 아닌 너의 이야기가 궁금하고 끝없이 거기에 매료되는 구석이 있는가 보다. 그로 하여 또 스스로를 돌아보는 여유를 찾기도 한다. 어디라 할 것 없이 아득한 나라, 미지의 사람들을 꿈꾸는 마음이 우리에게 안식과 희망을 더불어 선물한다 할 것이다.

(2011)

시는 나보다 강하다

매일 상당량의 우편물을 받는다. 개인적인 편지나 홍보물, 신문이 있고 책들이 있다. 책 가운데는 문학잡지도 있지만 시집류가 많다. 익히 이름을 알고 있는 시인의 시집도 있고 처음 들어 보는 시인들의 시집도 있다. 그런가 하면 아마추어 수준의 시인들 시집도 있다. 잡지나 홍보물은 몰라도 시집은 가능한 한 읽어 보려고 노력한다. 시란 한 인간이 가진 가장 맑고 아름다운 정신의 진수(眞髓)를 표현한 것인데 그것을 함부로 해서는 안 된다는 생각 때문에 그렇고, 이 시편들을 낳기 위해 얼마나 많은 애를 썼을까 싶은 생각이 내게 머물기에 그렇다.

헌데, 요즘 받아 보는 시집들, 특히 아마추어 수준 시인들 시집에서 여러 가지 비시적(非詩的) 요인을 발견하게 된다. 첫째는 감정을 아무 여과 장치 없이 쏟아 놓은 것 같은 무질서한 표현들이 많이 보인다는 것이다. 둘째는 시가 가진 외형적 형식을 오해하여 그저 산문 문장을 뚝뚝 잘라 행과 연만 갖춰 놓으면 시인 줄 잘못 알고 있다는 것이다. 셋째는 진지한 삶에 바탕을 둔 명상적이고 반성적인 사고가 녹아 있는 시편들을 만나기가 힘들다는 것이다. 마지막으로 필연적 이유도 없이 산문 형식의 시, 산문시가 무슨 유행처럼 많은 시인들에 의해 양산되고 있다는 사실이다.

물론 나름대로의 이유와 근거는 있을 것이다. 그러나 보다 품격 높은 시, 시다운 시를 위해서 이러한 현상들은 별로 도움이 되는 것이 아니라 하겠다.

전통적으로 문학 장르를 나누어 볼 때 문학은 서정시(시), 서사시(소설), 극시(희곡) 등 세 가지로 나누어지고, 문장 형식으로 볼 때는 시(또는 운문)와 산문 두 가지로 대별된다. 여기서 말하고자 하는 시 형식의 글은 산문 형식의 글(서사시, 소설)과 맞서는 글이다. 무엇보다도 시의 문장은 산문의 문장과 그 질서가 다르다는 점을 잊지 말아야 한다. 산문이 사건(또는 일)의 질서를 따르는 데 반하여 시는 감정의 질서를 따른다는 점에서 그렇다. 감정이란 무엇인가? 감정이란 희로애락과 같은 인간의 마음이다. 그것은 눈에 보이지도 않고 분명하게 느껴지지도 않는 그 무엇이다. 형체도 없고 소리도 없는 것들이다. 그렇기에 시가 필요한 것이다. 이러한 감정을 표현하기에 시보다 더 좋은 표현 방식은 없다.(물론 미술이나 음악, 무용 등과 같은 표현 방법이 또 있겠지만.)

산문에서의 문장은 시간과 공간의 구성 안에서 비교적 사실적인 적확성(的確性)을 지향하지만 시에서의 문장은 생략과 비약도 서슴없이 감행하면서 감정, 즉 마음의 행로를 따라간다는 점이 처음부터 다른 것이다. 좀 더 적극적으로 말한다면 시에서는 시간과 공간을 재구성하거나 초월하기도 하고 현실 세계를 넘어서기도 한다. 그런 때에도 가장 중요하게 작용하는 것은 감정의 논리다. 감정적으로 급한 말이 먼저 나오는 것이 시의 문장이다. 또 감정으로 소중하다거나 큰 것을 보다 크게 상세하게 표현하는 것이 시다. 여기에 한 아이가 학교에 다녀와 집에 계신 엄마를 만났다고 하자. 그런 때에도 학교에서 있었던 일이나 오가는 길에서 있었던 일을 차근차근 생각하면서 말하는 것은 산문에서의 그것이고, 곧장 "밥 줘, 나 배고프단 말야."라고 말하면 시의 표현이 된다.

그다음으로 우리가 시의 문장에서 간과해서 안 되는 것이 명상과 철학의 문제다. 시에서 그 좋은 토양은 철학이 제공해 주고 그 방법으로는 명상이 좋은 길을 열어 준다. 철학이라 해서 대단한 것을 연상할 것까지는 없다. 어디까지나 그것은 삶에 대한 철학이다. 나는 누구인가? 나는 어떻게 살아야 하는가? 저것은 왜 저러하고 이것은 또 왜 이러한가? 그런 것들에 대해서 부단히 묻고 대답하는 수준의 철학이면 된다. 그리고 명상이란 고요한 마음으로 한두 가지 문제를 집중적으로 생각하는 인간 행위나 그 결과를 말한다.

얼핏, 시는 인간의 감정을 되는 대로(감정의 질서에 따라) 쏟아 놓기만 하면 되는 것으로 여기기 쉬운데 거기에는 명상적인 사고가 바탕이 되어 있어야 한다. 명상이라 해도 현실 세계와 동떨어진 공소(空

疏)한 것이어서는 곤란하다. 어디까지나 그것은 삶의 바다에서 금방 건져 낸 해초와 같이 싱싱한 명상이어야 한다.

비비새가 혼자서
앉아 있었다.

마을에서도
숲에서도
멀리 떨어진
논벌로 지나간
전봇줄 위에,

혼자서 동그마니
앉아 있었다.

한참을 걸어오다
되돌아봐도
그때까지 혼자서
앉아 있었다.

이것은 박두진 선생이 쓴 동시의 일부분인데 설명 없이도 쉽게 읽힐 수 있는 문장이다. 이 문장의 표면에 드러난 사물은 '논벌, 전봇줄, 비비새 한 마리, 한 인간' 등이다. 그리고 행위로서는 '혼자서 앉아 있는 비비새'와 '그것을 바라보는 한 인간〔나, 퍼소나(persona)〕'이 있다. 그러나 이것은 드러난 사물이나 행위이고 더 중요한 것은 그러한 사물이나 행위 속에 숨어 있는 내용, 즉 감정의 행보다. 이것을 "언어의 의미"라고도 말하고 "언어의 그늘"이라고도 말할 수 있을 것이다. 이러한 언어의 의미나 그늘을 잘 만들어 내는 것이 시인의 할 일이고 또 그것을 잘 읽어 내는 것이 독자의 사명이 될 것이다. 산문 문장에서도 그러하지만 시에서는 이렇게 문장이 두 줄(드러난 문장과 숨어 있는 문장)로 나간다는 것(구성된다는 것)을 시인들 편에서나 독자들 편에서 두고두고 심각하게 고민해야 할 줄로 안다.

항용 글을 쓰다 보면 글이 자기 뜻대로 써지지 않는 것을 간혹 경험하게 된다. 처음 글을 쓰기 시작할 때는 이렇게 이렇게 쓰겠다 싶은 구상(방향, 어림짐작)이었는데 내처 글을 쓰다 보면 전혀 다른 방향(또는 내가 바라지 않는 방향)으로 나가는 때가 있다. 이런 상태를 박목월 선생 같은 분은 "붓끝이 저항한다."는 뜻으로 말한 바 있고, 그림에 관한 것이긴 하지만 피카소 같은 화가는 다음과 같은 말을 남기기도 했다. "그림은 나보다 강하다. 그림은 그 스스로 원하는 바를 나로 하여금 하도록 만들기 때문이다."

그렇다. 피카소에게 있어서 그림이 힘이 센 것처럼 시인들에게 있어 시 또한 힘이 세다. 시의 문장은 시인이 가자는 쪽으로 가지 않고 제가 가고 싶은 방향으로 시인을 끌고 간다. 결코 내 생각대로만(의도대로만) 시를 쓰려고 할 일이 아니다. 충분히 문장과 대화를 나눈 끝에 쌍방의 입장을 조율해 가면서 시를 써야 할 일이다. 그럴 때 겉으로 나타난 문장(표현, 언어)과 숨어 있는 문장(의미, 감정)이 보다 더 잘 밀착하는 시가 되어 줄 것이다. 문장은 힘이 세다. 시는 힘이 세다. 시 쓰는 사람들은(물론 나부터) 이러한 점을 늘 잊지 말고 시를 가까이 해야 하지 않을까 싶은 것이 오늘의 생각이다.

(2006)

전업 시인을 꿈꾸며

전업 시인이란 직업을 따로 갖지 않고 시만을 전문으로 쓰는 시인을 이르는 말이다. 그러니까 시 쓰는 일, 시인 자체가 직업인 사람이다. 젊어 한때는 나도 그런 시인이 되기를 꿈꾸어 본 적이 있었을 것이다. 아닌 게 아니라 등단 초기, 주변에서 그런 시인들을 여러 분 뵈온 적이 없지 않다. 우연하게도 그분들은 50년대 시인들이었는데 순수 서정시를 지향하는 시인들이었다.

그분들은 현실적으로 살아가는 모습이 무척이나 고달파 보였다. 예나 이제나 시 쓰는 일이 어찌 돈이 될 수 있겠으며 직업이 될 수 있으리요. 그것은 아마도 미래의 어느 시절에도 마찬가지일 터. 솔직히 말해 나는 그분들의 그러한 삶이 별로 부럽게 생각되지 않았다. 저분들처럼 살아서는 안 되겠다는 자각이 생겼다. 일테면 그분들은 나에게 반면교사로서의 모델이 되어 준 셈이다.

시인에게도 생활은 필요하다. 가정도 필요하다. 그러려면 마땅히 고정급이 있어야 한다. 고정급을 얻으려면 안정된 직업이 있어야 한다. 흔히들 시인이 발붙여 살기로 적당한 직종으로는 출판업이나 언론기관, 교직을 든다. 그 가운데서도 교직은 시인에게 최상의 직업이다. 다행히 나에겐 시인으로 데뷔하기 전부터 교직이 있었다. 이 얼마나 다행스런 일일까 보냐. 결코 교직의 끈을 놓지 않으리라. 그리하여 나에겐 교직을 직업으로 앞세우고 시인을 본업으로 삼는 삶의 이중구조가 생겨났다. 주경야독(晝耕夜讀)이란 말이 있는 것처럼 낮에는 학교에서 아이들과 생활하고 저녁엔 집에서 문학과 더불어 살았다.

시인 교사. 시인 교감. 시인 교장. 세월의 흐름에 따라 여러 번 호칭이 바뀌었다. 그 가운데서도 나는 시인 교장이란 말이 제일로 듣기 좋았고 또 마음 편했다. 시인이면서 교장인 사람이라 해도 좋았겠고 교장이면서 시인이라 해도 좋았을 것이다. 내내 마음에 들었으며 무척이나 나와 어울린다는 생각이 들었다. 함께 교장을 하는 교직의 동료들은 내가 시인인 것을 부러워했고 시를 쓰는 시단의 또래들은 또 내가 교장인 것을 부러워했다고 말한다면 아무래도 이것은 자기도취일까….

나름대로 학교를 운영하면서 조금이라도 색다른 일을 벌이면 대번에 교장이 시인이니까 뭔가 달라도 다르다고 좋게 보아 주었고 문인들 모임에 나가면 교장 선생이 왔다며 환영하는 분위기로 맞아 주곤 했다. 말하자면 양쪽으로부터 프리미엄을 받은 셈이고 덕을 본 셈인 것이다. 이래저래 기분 좋은 일이 아니겠나. 이런 걸 가리켜 나는 보리밥, 쌀밥에 비겨 말을 하곤 한다.

예전엔 살기가 어려워 쌀밥이 귀했고 보리밥이 흔했다. 그러나 이즈음엔 반대로 쌀밥이 흔하고 보리밥이 귀하다. 그래서 쌀밥에 앞서 보리밥이 대접을 받는 세상이 되었다. 나는 예나 이제나 변함없는 보리밥이다. 시골 사람. 초등학교 선생. 자동차조차 굴리지 못하는 가난뱅이. 평생을 줄기차게 전통 지향의 시만을 써 온 고집불통. 그 무엇 하나 장점으로 작용할 요인을 가지지 못한 사람이다. 그런데 그런 마이너스 요인들이 주변 사람들에겐 플러스 요인으로 작용했던 모양이다. 이 얼마나 감사한 일일까 보냐.

그렇게 8년. 기나긴 교직 생애의 후반부가 빠르게 흘러 마무리 부분에 이르고 있다. 그동안 나를 일러 왔던 '시인 교장'이란 호칭에서 '시인'이란 말만 남고 '교장'이란 말이 떨어져 나갈 것이다. 내가 원하든 원하지 않든 전업 시인이 되는 셈이다. "오뉴월 뙤약볕도 그만 쬐라면 섭섭하다."는 말이 있는 것처럼 어찌 섭섭함이 없을까 보냐. 나야말로 눈을 뜨고 밥만 먹으면 학교만 다닌 사람이다. 학교밖에 모르는 사람이다.

만으로 여섯 살 나이 이래 50년도 훨씬 넘게 오고 간 곳이 학교다. 물론 앞부분 12년은 공부하러 다닌 세월이었고 뒷부분 43년은 돈 벌러 다닌 학교이겠다. 이제 멀지 않은 날에 정년이란 제도에 따라 학교에서 물러나게 되면 그 금단현상이 만만치 않을 것이다. 먼저 정년의 절차를 거친 선배들 말로는 정년퇴직을 하고 나서 당분간은 아침에 일어나 밥 먹고 불현듯 학교로 출근하고 싶어 하는 마음이 본능적으로 일어 그 마음을 다스리는 일이 가장 고통스럽다고들 그런다.

그럴 만한 일이겠다 싶다. 그래서 현직에서 물러나게 되면 이곳저곳 찾아다니고 이 사람 저 사람 만나러 다니는 사람이 된다 그런다. "백수가 과로로 사망한다."는 말도 다 이런 데서 나온 말이라고 그런다. 허지만 나는 가능한 대로 그렇게 하지 않고 싶다. 물론 나에게도 교직 생활에 대한 금단현상은 클 것이다. 오히려 그것을 나는 피하지 않고 정면으로 받아들이고 싶다. 그런 데서 하나의 출구가 열리지 않을까 싶은 생각인 것이다.

그래서 나에겐 교직 생활을 떠난 뒤, 몇 가지 나름대로의 다짐과 생각이 있다. 그것은 "지금처럼은 절대로 살지 말자."이다. "뭐가 달라도 다르게 살아 보자."이다. 첫 번째 할 일은 학교 선생티를 벗는 데서 출발해야 할 일이다. 결코 쉬운 일이 아닐 테지만 그렇게 하도록 노력해야 할 것이다. 역시 비슷한 얘기가 되겠지만 그다음은 학교 선생할 때 알고 지냈던 사람들을 될수록 적게 만나는 일이 되겠다. 선생할 때 알고 지낸 사람들을 만나게 되면 화제가 학교생활이 주가 될 것이고 그러다 보면 과거 지향의 사람이 될 것이 분명하다.

또 그러다 보면 과거를 그리워하게 될 것이고 현재의 삶에 불만을 갖기도 할 것이다. 이거야말로 진정 내가 원하지 않는 나의 삶이다. 무언가 새로움이 있어야 한다. 그러기 위해서 나는 나름대로 몇 가지 기준을 생각해 본다. 첫째는 사회적인 명예나 감투 욕심을 버리자는 것이고, 둘째는 문학상이나 문단적 평판에 크게 관심을 갖지 말자는 것이고, 셋째는 책을 내고 싶은 욕심도 줄여 갖자는 것이다. 그러나 이 같은 결심들이 뜻대로 마음먹은 대로 되어 줄 것인가는 나도 잘 모를 일이다. 그래도 생각만은 그렇게 해야 하리라.

초등학교 아이들에게 방학을 앞두고 하루 일과표를 작성해 보라면 모두들 아주 모범적인 일과표를 작성한다. 허지만 아이들은 제가 만든 일과표를 하루나 이틀 정도 실천하고 나서 까맣게 잊어버리고 만다. 그래도 나는 아이들에게 생활 계획표가 없는 것보다는 있는 것이 낫다고 가르쳐 왔다. 이제금 나는 나 자신에게 지킬 수 없는 약속이라도 안 하는 것보다는 낫다고 이르고 싶은 입장이다.(그러고 보면 이것조차 선생티를 진하게 내는 것이 아니겠나, 염려스런 마음이다.)

그다음, 내가 하고 싶은 것은 문학 캠프를 갖지 않는 일이다. 자칫 생활이 허전하다 보면 주변에 글 쓰는 사람들을 끌어모아 문학을 가르치는 일을 하고 싶은 마음이 들 것이다. 본래 나는 문학 캠프란 것에 대해 별로 효용성을 느끼지 못하는 사람이다. 헛된 노력이라고 생각해 온 사람이다. 평생을 사람 가르치는 일에 종사해 온 사람이 어찌 현직 교단에서 물러나 다시금 사람 가르치는 일로 돌아간단 말인가.

이러고 보면 나의 정년 퇴임 후의 계획은 어떠한 일을 한다는 쪽보다는 어떠한 일을 하지 않는다는 항목들에 집중되어 있다. 그저 아무런 계획도 없이 멍하니 앉아 있는 삶을 살리라. 무슨 일이든 생각 내키는 대로 해 보리라. 그림을 그리고 싶으면 하루 종일 그림을 그리고 음악을 듣고 싶으면 음악을 듣고, 그리고 산길이나 들판을 서성거리고 싶으면 또 그렇게 하리라. 될수록 혼자서 많은 시간을 보내리라. 허송세월해 보리라. 글도 써지면 쓰고 써지지 않으면 쓰지 않으리라.

정년 퇴임 후의 나의 삶의 방향은 주로 포지티브 전략보다는 무엇무엇을 어떻게 하지 않겠다는 네거티브 전략에 집중되어 있다. 이 네거티브의 한복판에 내 인생의 후반부 전업 시인으로서의 모습이 숨어 있는 게 아닐까, 생각 중이다.

(2006)

철없음에 이끌려

지난 6월, 여러 사람들의 도움을 받아 시 전집을 냈다. 젊어서부터 나하고 한 약속을 이룬 셈이다. 70년대 초였지 싶다. 시단에 처음 등단하고 나서 얼마 안 되었을 때 『서정주 문학 전집』과 『박목월 자선집』이 나온 것을 보았다. 두 분 모두 당신들의 회갑을 기념하여 낸 책이다. 묵직한 책을 사서 가슴에 한 아름 안고 돌아오면서 나는 나도 모르게 나하고 하나의 약속을 했다.

나도 이분들처럼 환갑 나이 때까지 계속 시를 쓰면서 살게 된다면 꼭 시 전집을 낼 것이라고. 그래서 이번에 그 약속을 실천한 것이다. 앞으로도 살아서 목숨이 붙어 있는 날까지는 밥 먹고 물 마시는 것처럼 시를 쓸 것이다. 허지만 이만큼에서 일단은 선 하나를 굵게 긋고 나아가자는 생각이 시 전집을 만들어 내게 했다.

시 전집을 내느라고 여러 가지로 힘이 많이 들었다. 현재의 입장에서 글을 손본다는 일이야 안 될 일이겠지만 문맥으로나 표기상으로 분명하게 잘못된 부분에 있어서는 과감하게 바로잡고 제작 일자까지 일일이 찾아서 넣고 열 차례도 넘게 교정을 보았다. 그러느라 여러 날 밤잠을 설치기도 했다. 긴장이 풀려서 그랬던가. 나이 들면서 과하게는 술을 마시지 않겠노라 다짐 둔 것을 깜박 잊어버리고 취하도록 술을 마신 날이 있었다. 인사불성으로 취해서 집에 돌아온 그날 밤에 아내가 한마디를 했다.

"이봐요, 당신! 회갑도 넘겼고 정년도 가깝고 전집까지 냈으니 이제 죽을 일밖엔 안 남았네."

나는 그만 정신이 퍼뜩 돌아오는 것 같았다. 아, 이제 나는 죽을 일밖엔 안 남긴 사람이구나. 이걸 어쩌나? 아내의 한마디야말로 나에게는 충격이요, 시 전집을 내고서 들은 그 어떤 사람들의 평가나 이야기보다도 분명하고 호된 지적이었던 것이다.

시 전집을 내놓고 보니 그동안 시를 너무 많이 쓰지 않았나 싶은 생각이 들었다. 35년 시력 가운데 중간 부분, 그러니까 80년대에서 90년대까지의 시들이 제일로 허술하고 또 편수도 많았다. 삶으로 보아서도 그 시절이 가장 불안정하고 엉성했던 날들이 아니었던가 싶다. 허지만 어쩌겠나. 흠이 있는 대로 나 스스로 품고 갈 수밖에는. 사람이 나이를 먹고 세월을 더한다는 것은 다른 한편으로는 잘못한 일, 후회할 만한 일들이 자꾸만 많아진다는 것과 다름이 없다.

나는 왜 그 시절 그토록 허둥지둥 살아야만 했던가. 왜 그토록 열심이어야만 했던가. 끝내는 열심히 산 일조차도 후회의 항목을 더하게 된다. 그렇게 하지 않고 이렇게 했으면 얼마나 좋았을까. 그러나 이제 와서 그 어떤 것도 다시금 고쳐 살 수 없고 바로잡을 수 없다는 데에 나의 고민이 머문다. 이렇게 말하면서도 여전히 말대로는 살지 못한다는 사실이 나를 절망스럽게 만들어 준다.

특히나 내가 써 온 수없이 많은 문장들. 그 허위에 찬 찐득찐득한 표현들. 어찌 그 많은 오류들을 바로잡을 수 있단 말이냐! 실상, 시전집을 낼 수밖에 없었던 까닭은 바로 여기에 있었던 것이다. 그래, 더 늦기 전에 나의 글만이라도 거두어들여 매만질 만큼 매만지고 거기에 질서를 주어 보자. 그런 뜻에서 저지른 일이었겠지 싶다.

이제 나는 새롭게 출발선상에 서 있는 다시 또 낯선 한 사람이다. 그러나 가능성은 그다지 많지 않다. 변화의 폭도 좁다. 그러기에 망연자실이 거기에 따르게 된다. 젊었을 때는 기백으로 시를 쓰기도 했다. 그런대로 흥이란 것도 있었을 것이다. 그러나 이제는 흥이란 것도 많이 빠져나간 형편이다. 더구나 오래 시를 써 온 사람은 시 앞에서 불리하도록 되어 있다.

시란 것이 자기 자신의 내부 풍경을 드러내는 작업인데 이미 여러 번 베껴 먹었기 때문에 그러하다. 전통 지향의 시를 쓰는 사람은 더욱 입지가 부족하게 마련이다. 시란 것이 또한 늘 새롭게, 새롭게 나아가야만 하는 세계인데 전통 지향의 시들은 이미 많이 있어 온 시들이요, 지금도 널리 퍼져 있는 시이기에 그러하다.

이러한 여러 가지 자각과 불리함을 바탕에 깔고 다시금 시에 대한 생각을 가다듬어 본다. 시란 무엇인가? 무엇이어야 하는가? 한때는 꿈꾸는 일이라고 생각했던 시절이 있었다. 지극히 낭만적인 접근이다. 현실적으로 도움을 줄 뿐더러 세상살이의 징검다리라고 믿었던 시절도 있었다. 현실적이고 실용적인 생각이다. 잠시나마 한때는 연구의 대상이요 공부거리라고 생각했던 시절도 있었다. 교양과 학문적인 접근으로서의 시관(詩觀)이리라.

이제 와 더듬적거리는 마음으로 나는 생각을 고쳐먹는다. 나에게 과연 시란 무엇인가? 시란 낭만도 실용도 아니고 교양이나 학문의 대상도 아니다. 그것은 자기 구원의 한 방책이다. 오직 한 번뿐인 인생을 완성하기 위한 비밀한 오솔길이다. 그러므로 시는 하루하루의 삶에서 얻어지는 크고 작은 깨달음의 기록이요, 생체험의 자기 발견이어야 한다. 허지만 이제 나의 싸움은 대부분 결판이 나 있는 형편이다. 그건 시로서든 인생으로서든 그러하다.

다만 시를 앞에 두고 나 자신 믿을 만한 구석이 하나도 없는 것은 아니다. 그것은 아직도 내가 철없는 사람이라는 사실이다. 철없음. 그것은 어린아이의 특성이다. 세상의 일에 사리 분별이 서기 이전의 미분화된 인간 정서 가운데 하나가 철없음이다. 쉽게 흥분하고 쉽게 실망하고 작은 것에 지나치게 과다한 관심을 쏟기도 하는 감정 중심의 마음이다.

때로는 뜬구름 잡이로 허무맹랑한 마음이기도 하다. 그래서 변화무쌍하고 종잡을 수 없는 정서가 철없음인 것이다. 가끔 아내와 딸아이는 이런 나의 철없음을 두고 이야기하는 경우가 있다.

"얘야, 너의 아버지, 언제나 철들라나 모르겠다."

이것은 아내가 걱정스런 말투로 딸아이에게 하는 말이다.

"그러게 말이에요. 아빠는 철들기는 틀렸어요. 그러니 엄마가 이해하고 그냥 내버려 두세요."

이것은 저의 엄마를 달래 주려고 딸아이가 하는 말이다.

이렇게 되면 가장 철이 든 사람, 의젓한 사람은 딸아이이고 그다음은 아내고 그다음이 나라고 할 수밖에 없겠다. 허지만 나의 철없음은 다만 어린아이 그대로의 철없음과 똑같은 철없음은 아니라고 생각한다. 그것은 어디까지나 어른의 철없음이요 많은 세월 살아오면서 쉼 없이 몸을 바꾸어 온 철없음이라 할 것이다. 말하자면 진화된 철없음인 것이다. 앞으로 내가 그런대로 읽을 만한 시를 쓰게 된다면 그것은 오로지 이 진화된 철없음에 이끌려 가다가 그 길목에서 만난 조그만 풀꽃 한 송이거나 새소리 한 모금이겠거니, 믿어 주시기 바란다.

(2006)

시인의 딸

시인의 딸이 왔다. 계룡산 너머 대전에서 사는 시인의 딸. 아니, 지난해 세상을 떠난 홍희표 시인의 딸. 벌써 1주기가 되다니! 세월의 빠름을 새삼 느낀다. 시인의 딸은 이름이 예쁘다. 홍나리. 이름만큼 얼굴도 예쁘고 맵시도 예쁘고 마음씨는 더욱 예쁜 사람이다.

벌써 두 번째, 아니 세 번째 왔다. 이번에는 남편과 함께다. 이 사람은 오기만 하면 눈물 바람이다. 자기 아버지 얘기 듣다가 울고 자기 아버지 얘기하다가 울고… 아, 시인은 세상을 떠났지만 시인에게 이런 딸이 있다는 건 얼마나 다행스런 일이고 자랑스러운 일이고 부러운 일인가!

딸에게 말하고 사위에게 이른다. 우리 돌아간 시인을 쉽게 잊지 않기로 하자. 그들에게는 아버지이고 장인이고 나에겐 동료 시인이다. 사람은 떠났지만 쉽게 잊지 않는 것은 뒷사람들의 일이고 또 미덕이다. 그러기 위해서는 1주기 행사도 하고, 2주기 행사도 하고, 유고 시집도 내 드리고, 또 돌아간 시인 이름으로 문학상도 만들어 여봐란

듯 버젓하게 세상 시인들 불러 잔치도 해 드리자.

어찌하여 돈 들여, 노력을 들여 가며 문학상을 만드는가? 세상에 없는 시인을 다시 불러내어 숨 쉬게 하고 그 이름 위에 생명을 부여하기 위해서 그러는 것이다. 그런 점에서 시인은 죽어도 죽지 않는 목숨이고 시는 더더욱 죽을 수 없는 존재가 아니던가. 이런 것을 모든 시인들의 유족들이 알아야 하는 건데 가끔은 그러지 못해 아쉽고 속상할 때가 없지 않았다.

시인과 나는 젊은 시절 조금은 불목(不睦)했던 사이이다. 엇비슷한 나이에다가 등단 시기가 앞서거니 뒤서거니요, 사는 고장이 이웃이라 그랬을 것이다. 그게 다 객기였다. 겨우 객기를 씻고 나이 들어 화해하고 좋아졌다. 그렇게 우리가 정신 차리고 철이 들자 한편 사람이 먼저 세상을 뜬 것이다. 너무나 짧았던 화해의 날들. 우리는 이렇게 어리석고 어리석은 사람들이던 것이다.

이런 이야기들 앞에서도 시인의 딸은 고분고분하고 다만 소중한 옛이야기를 공부하는 아이처럼 골똘하고 열심이다. 오직 아버지의 일이라는 것 하나로만 그런다. 그녀를 앞에 두고 나는 잠시 나의 딸을 떠올려 본다. 나의 뜻을 따라 문학을 전공하고 문학 평론가가 되어 글 쓰는 사람이 된 나의 딸. 내가 돌아간 뒤 나의 딸도 이렇듯 아쉬워하고 애통해할 것인가.

어느새 나는 저쪽을 내 딸처럼 생각하고 저쪽은 나를 자기 아버지처럼 생각한다는 것을 서로가 알게 된다. 안타깝지만 아름다운 시간.

오늘이 세 번째다. 계룡산 너머 대전에서 시인의 딸이 나를 찾아왔다. 자기 아버지를 찾아오듯 그렇게 나를 찾아왔다. 시인이 살아 있을 때 지어 드린 두 편의 시를 다시 꺼내어 읽어 본다.

강아지풀 따서
머리에 꽂고
쫄랑쫄랑
길 떠난 소녀

강아지풀 꺾어
콧수염 하고
쫄랑쫄랑
따라간 소년

먼저 간 이도
보이지 않고
따라간 이도 이제는
보이지 않아

다만 남겨진
발자욱 자욱마다

눈물처럼
빗물이 고여

하늘의 별들이
내려와 놀고
더러는 시가
되기도 한다.

-「강아지풀 따서 - 홍희표 시인 · 1」 전문

계룡산 너머 마티재 너머
홍 교수 외로운가 보다
가끔은 나 형, 더듬는 음성으로
전화를 한다

계룡산 너머 마티재 너머
나도 덩달아 쓸쓸한가 보다
가끔은 홍 형, 굵뜬 목소리로
전화를 건다

이렇게 우리 외로워지고
쓸쓸해지기 위해

나이 든 사람이 되었나 보다

나이 듦이 새삼

후회스럽지 않아서 좋다.

–「계룡산 너머 – 홍희표 시인 · 2」 전문

(2013)

구양수의 다상량

글 쓰는 사람들이 알고 있는 작문법 가운데 가장 오래되고 권위 있는 것으로 중국 송나라 때의 구양수란 사람이 이야기했다는 '삼다법(三多法)'이 있다. 많이 읽고〔다독(多讀)〕, 많이 쓰고〔다작(多作)〕, 많이 생각하자〔다상량(多商量)〕.

흔히 사람들은 이 가운데 중요한 것으로 다독과 다작을 꼽는다. 많이 읽고 많이 쓰기만 하면 글을 잘 쓸 수 있다고 생각하는 경향이다. 일단은 수긍이 가는 말이다. 그런데 정작 글을 쓰는 마당에서도 그런가?

글을 오래 써 본 사람들은 경험적으로 알 것이다. 글에 대한 밑그림을 제대로 그리지 않았거나 생각을 많이 하지 않고 글 쓰는 시간을 길게 잡는 경우와 오랫동안 생각하면서 밑그림을 세밀하게 그린 다음 글을 쓰는 기간이 짧은 경우 어느 때가 더 성공적으로 글을 쓸 수 있는가에 대해서 말이다.

백이면 백, 앞의 경우보다는 뒤의 경우가 훨씬 더 효과적이란 걸

알 것이다. 그러하다. 생각은 길게 하고 글 쓰기는 단숨에 해야 한다. 그 반대가 될 때는 단연코 패착이다. 어쩌면 생각과 느낌을 내팽개치듯이 빠르게 속사포로 써야 한다. 그래야만 글에 생기가 들어간다.

물론 좋은 글을 쓰기 위해서는 다독과 다작이 기본이고 필수이고 선행조건이다. 그러나 실제로 글을 쓰는 마당에서는 다상량이 단연 제일이다. 어쨌든 많이 생각하고 많이 준비해야 한다.

다상량은 그냥 단순한 생각이 아니다. 그것은 글에 대한 구체적인 구상을 말한다. 글의 내용이 되는 소재를 모으고 생각을 다듬고 느낌을 새롭게 하는 과정을 말한다. 이렇게 다상량 부분을 많이 할애했을 때 비옥한 글이 되고, 다상량 부분이 부족할 때 메마른 글이 되기 십상이다.

글이 시원치 않게 빠졌을 경우에는 아예 지금까지 쓴 글을 덮어 버리고 다시 쓰는 것이 백번 좋은 방법이다. 공연히 시원찮게 써진 글을 붙잡고 고친다고 오랜 시간 부대껴 보았자 여전히 시원치 않은 글의 범주를 넘지 못할 것이기 때문이다.

(2012)

하늘이 주는 문장

인간의 언어로 표현된 문학작품 가운데 가장 정제된 형식의 예술이라면 그것은 다름 아닌 시다. 시는 그 출발부터가 표피적인 언어에서 나오는 것이 아니고 인간 내부 깊숙이, 정신 내지는 무의식 세계의 언어로부터 시작한다. 그러니까 시에 동원되는 언어가 영혼의 언어라는 것이다.

그래서 시는 꾸며서 아무렇게나 쓸 수 있는 것이 아니다. 시의 문장 가운데는 불가항력의 요소가 들어 있다. '바로 그것'의 표현이어야 되는 고칠 수 없는 면이 있다. 대체 불가능한 엄격성이 있는 것이다. 그런 의미에서 시는 고칠 수 없는 문장이요 하늘이 내려 준 문장이라 할 것이다.

연아 반갑다

오월이 가는 줄도

모르고 살았는데
여름이 오는 것을
연이 알려 주네

연은 마음의 친구

소리 없이 왔다가
향기로만 남기고 떠나는
연은 마음의 벗님네.

이 시는 얼마 전에 쓴 「연」이란 제목의 작품이다. 이 작품에서 앞의 두 연은 그냥 꾸며서는 도저히 어찌할 수 없는 부분, 시인조차도 고칠 수 없는 통제되지 않는 내용을 담고 있다. 그러나 뒤의 두 연은 충분히 고칠 수 있고 다른 말로도 대체 가능한 표현이다. 바로 앞의 두 연이 신의 영역에 관한 표현이고 뒤의 두 연이 인간 영역의 표현이기에 그러하다.

이렇게 표현된 시는 독자에게로 가서 단순한 의사 전달의 기능을 넘어선 정신적 치유의 기능까지를 갖는다. 시를 읽는 사람들(독자)이 '아, 그렇구나. 나도 그렇게 생각한다.'는 생각을 가지면 이것이 감동이 된다. 감동이란 놀라운 것이다. 이 감동이 바로 인간에게 행복감과 만족감을 주는 다이돌핀(엔도르핀보다 4천 배 강력한 호르몬)이란 호르몬 분비를 촉진하는 요인이 된다고 한다. 이 얼마나 놀라운 일인가?

독자 입장에서 꽃과 내가 하나라는 생각, 시(시인)와 내가 하나라는 생각, 나아가 다른 사람(독자)과 내가 하나라는 생각은 감동을 낳는다. 이 감동은 삶의 보람을 느끼게 하고 고달픈 마음의 위로가 되고 행복감을 주고 자존감을 높여 준다. 이런 기능을 바로 시가 하게 된다면 그것은 대단한 일이다. 그러므로 시인은 독자에 대해서 비판자나 공격자나 고문자가 아니라 위로자, 동행자, 선량한 이웃, 도반(道伴)의 위치에 서야만 한다. 이런 안목에서 예로 들어 볼 수 있는 시가 「행복」이라는 시다.

저녁 때
돌아갈 집이 있다는 것

힘들 때
마음속으로 생각할 사람 있다는 것

외로울 때
혼자서 부를 노래 있다는 것.

우리가 평소 꿈꾸고 생각하듯이 '행복'이란 것은 그다지 크거나 멀리에 있는 것이 아니다. 그것은 매우 사소한 것이요, 우리들 가까이에 있는 '그 무엇'이다. 다만 우리가 그것을 쉽게 깨닫지 못한 것이 어리석은 일이요 오류일 뿐이다. 가령, "저녁 때 / 돌아갈 집이 있다는 것"을 모르는 사람이 어디 있겠는가. 그러나 그것이 나의 행복의 바탕임을 선뜻 처음부터 알고 있는 사람은 많지 않다.

이렇게 당연하지만 당연하지 않은 사실(현실, 조건)을 아는 것도 하나의 자그만 깨달음이다. 이런 과정을 통해 우리는 자기 자신이 이미 행복한 사람인 것을 알게 된다. 이러한 각성과 인정은 또 정신적 치유 기능을 낳는다. 짧은 언어 조합인 시가 여기까지 이르게 되면 그것은 결코 단순한 것에 그치지 않는다. 이렇게 하여 시는 대단한 것이 되며 상당한 힘을 지닌 예술 형식이 되는 것이다.

(2012)

시인이 받는 두 가지 유혹

시인의 길은 오랫동안 가는 길이다. 평생을 시와 함께 가는 길이요, 외롭고도 힘든 길이다. 고달픈 길이다. 이 길을 지속적으로 가기는 힘들다. 누구나 오랫동안 시를 쓰다 보면 두 가지의 유혹을 받게 된다.

하나는 시 쓰기를 그만 쉬고 싶은 유혹이 그것이다. 아예 시를 버리고 딴 길로 가고 싶은 생각도 갖게 된다. 그만큼 시의 길은 소득이 시원찮아 자기와 타협하고 싶은 것이다.

이런 점을 방지하기 위해서는 시대에 대한 열정이나 애정이 필요하다. 시에 대한 초심을 잃지 않고자 하는 노력도 있어야 한다. 시에 반했던 기억을 되살리며 시에 대한 첫사랑을 늘 상기할 필요도 있겠다.

시인의 길에서 자칫 한번 딴 길로 가면 제자리로 돌아오기가 어렵다. 돌아온다 해도 떠났던 그 자리가 아니다. 엉뚱한 자리로 멀쑥하니 돌아가게 마련이다. 시가 달라지고 사람이 달라지기 때문이다.

두 번째의 유혹은 빨리 유명해지고 싶은 유혹이다. 이럴 경우, 독자와 야합하고 세상과 타협하게 된다. 시인으로 살면서 유명한 시인이 되고 싶은 마음은 인지상정이다. 그래서 자칫 시 낭송가들에게 어필하는 시, 독자들에 널리 읽히는 시, 유행을 따라가는 시, 상업주의와 결탁한 시를 쓰기 쉽다.

그러나 그것은 분명히 정도가 아니다. 이런 유혹을 이기고 시의 본래의 길을 가도록 해야 한다. 어렵지만 그렇도록 노력해야 한다. 시인이 유명해지는 건 세상과 야합해서 유명해지는 게 아니라 자기가 평생 갈고 닦은 시 작업의 결과에 의해서 유명해지는 것이다. 그러므로 생전에보다는 사후에 더 유명해질 수도 있는 일이다.

시인이 시로 쓰는 것은 시인 자신의 개별적인 경험, 특수한 삶의 흔적이다. 이것이 시 작품을 통해 독자들에게 가서 세상 속의 보편성과 맞아 떨어질 때 감동적인 시가 되고, 그런 시를 남긴 시인은 유명해진다.

독자들이 너만 그런 것이 아니라 나도 그렇다고 생각을 할 때 그 지지가 시인의 영광으로 이어진다. 그런 날이 올 때까지 시인은 한눈팔지 말고 자신의 길을 가고 또 가야 할 일이다. 그리하여 끝내 자신이 보아도 그럴듯한 시인이 되어야 한다. 그것이 가장 좋은 시인의 성공이다.

(2012)

언어의 연금술

시가 인간의 생각과 느낌을 정제된 언어로 표현하는 언어예술이라는 것쯤은 누구나 다 아는 일이다. 그런데 그것이 말같이 되지 않아서 걱정이다.

시의 바탕은 물론 시인의 생생한 삶이고 경험이다. 여기서 잡다한 돌멩이 같은 언어가 나온다. 사실 이미지다. 이것이 시인의 마음속에 들어가 감정과 기억으로 저장된다. 감정 이미지다. 이 감정 이미지는 시인의 용광로에서 충분히 녹아지고 걸러져 순금과 같은 생각과 느낌으로 탄생되어야 한다. 이렇게 태어난 생각과 느낌은 다시 시적인 언어를 만나 시로 재탄생된다.

매우 괴롭고 지루하고 짜증나는 과정이다. 빠져나오기 어려운 협곡 같은 과정이다. 이를 정리하면 '삶 · 경험(사실 이미지) → 감정 · 기억(감정 이미지) → 시(시적인 이미지)'가 된다.

시가 되는 삶이나 경험은 누구나 언제나 어디서나 있는 개인적이고 구체적인 사실이다. 이것이 슬펐다, 좋았다와 같은 정선 과정을 거쳐 감정으로 정리되고 드디어 시인만이 갖는 구체적인 언어, 즉 이미지를 만나 시로 표출되게 된다. 이를 가장 잘 표현해 주는 시는 박목월의 「윤사월」이고 박용래의 「저녁눈」이다.

송화 가루 날리는
외딴 봉우리

윤사월 해 길다
꾀꼬리 울면

산지기 외딴집
눈 먼 처녀사

문설주에 귀 대고
엿듣고 있다

– 박목월, 「윤사월」 전문

이 시에는 다만 "송화 가루 날리는 / 외딴 봉우리"와 "꾀꼬리"와 "산지기 외딴집 / 눈 먼 처녀"만 있을 뿐 시인은 없다. 시인은 시 밖에 있다. 그러나 외딴 봉우리도 꾀꼬리도 눈 먼 처녀도 시인과 무관하지 않다. 더 정확하게는 시인의 생각과 느낌과 무관하지 않다. 바로 시인의 생각과 느낌을 대변해 주는 대리인이라 할 것이다. 그렇다. 감정의 대리인. 언어로 나타난 감정의 대리인이 바로 시고 시의 이미지다.

늦은 저녁때 오는 눈발은 말집 호롱불 밑에 붐비다
늦은 저녁때 오는 눈발은 조랑말 발굽 밑에 붐비다
늦은 저녁때 오는 눈발은 여물 써는 소리에 붐비다
늦은 저녁때 오는 눈발은 변두리 빈터만 다니며 붐비다.

– 박용래, 「저녁눈」 전문

박용래의 시는 좀 더 단순하면서 꽉 짜여진 듯한 작품이다. 네 개의 일정한 행으로 되어 있는데 각각 앞뒤에 공통적인 언어 조합이 들어간다. "늦은 저녁때 오는 눈발은"과 "붐비다"가 그것이다. 그 사이에 '말집 호롱불 → 조랑말 발굽 → 여물 써는 소리 → 변두리 빈터'가 끼어든다.

이러한 장치는 매우 역동적이며 시각적인 것으로 마치 글을 읽는 사람으로 하여금 여러 컷의 사진을 차례로 돌려 보는 듯한 느낌을 갖게 한다. 영화의 장면 전환 같기도 하다. 이 시에도 여전히 시인은 시 밖에 있다. 그렇지만 시에 등장하는 모든 사물(이미지, 언어)은 시인 자신의 생각이나 느낌과 다르지 않다. 바로 시인 자신이라고 보아도 좋을 것이다.

번번이 시를 쓸 때 시인이 느끼는 괴로움은 자신의 생각이나 느낌이 좋은 이미지를 만나 시로서 정착하지 못한다는 점이다. 그것은 마치 구름이 강물을 향해 빗방울을 던지는 행위와 같다. 구름은 강물을 향해 빗방울을 떨어뜨리지만 바람을 만나 엉뚱한 곳에 떨어질 수도 있는 일이다. 그야말로 빗방울이 강물로 떨어져서 금세 강물의 일원이 된다는 건 행운에 가까운 일이다.

그처럼 시인이 시적인 언어를 시의 나라를 향해 던질 때 좋은 시로 태어난다는 건 매우 어려운 일이고 행운에 가까운 일이다. 거기에는 마땅히 아픔이 있고 상처가 있고 쓰라림이 있게 마련이다. 식물의 가장 아름다운 부분이 꽃이듯이 언어에서도 가장 아름다운 부분은 시의 언어다. 시는 또 하나의 아픔이며 상처이며 쓰라림이다.

시인이 시의 나라로 시를 던질 때 진저리 치며 받아 주는 그 누군가가 있을 때 우리들의 시는 생명력을 갖고 영원한 시로 태어나게 된다. 아, 이것을 어찌 말로 다 표현할 수 있을까? 박용철의 〈시적 변용에 대하여〉 같은 글에는 이런 곡절이 잘 나타나 있다. 스스로 참고할 일이다.

(2012)

박목월 선생을 모시고

나는 박목월 선생으로부터 세 번에 걸쳐 무거운 인생의 은혜를 입었다. 첫 번째는 1971년 〈서울신문〉 신춘문예를 통해 시단에 나갈 때 심사를 맡아 주신 일이고, 두 번째는 첫 시집 『대숲 아래서』를 낼 때 서문을 써 주신 일이고, 세 번째는 결혼식 주례를 맡아 주신 일이다.

결혼식 날은 1973년 10월 21일, 일요일. 장소는 장항의 '미라미예식장'. 선생은 주례를 보아 주시기 위해 서울서부터 전날에 출발하여 속리산에서 일박하시고 군산으로 돌아서 오시었다. 주례사를 통해 시골에 사는 무명의 시인에게 한없는 축복과 애정을 보여 주시었다.

결혼식을 마치고 우리는 고향 집으로 옮겨 점심 식사를 했다. 요즘 같으면 예식장 가까운 식당에서 피로연을 가졌을 것이고 또 장소를 옮기더라도 관광버스를 이용했을 텐데, 여러 대의 택시를 대절해서 포장도 안 된 시골길을 황토 먼지를 풀풀 날리며 줄지어 달렸다.

박목월 선생은 거의 식사를 하지 않으셨다. 점심으로 마련한 잔치국수가 입에 맞지 않으셨던가. 다만 두부 부침만 몇 개 드셨다. 식사

도중, 사랑방 벽에 걸린 진솔 한복을 보시고는 이 방이 나태주가 신방으로 쓸 방이냐고 여러 차례 물으셨던 기억이다.

어설프게 점심 식사를 마친 뒤 손님들이 떠나갈 시간. 그래도 막동리 나태주네 고향 집까지 선생님이 오셨으니 모시고 사진이라도 한 장 남겨야 하지 않겠느냐는 누군가의 제안에 따라 사진을 찍기로 했다. 장소는 바깥마당. 박목월 선생을 중심으로 문인들이 둘러섰다.

선생을 중심으로 사진의 왼쪽 첫 번째가 박재삼 선생이다. 활짝 웃는 얼굴이 무척 해밝고 인상적이다. 그다음이 나인데 두 손을 맞잡고 어정쩡한 것이 무언가 자신감 없는 표정이다. 그리고 그 다음이 안홍렬 시인이고 그 사이로 살짝 보이는 얼굴이 박용래 선생인데 옆을 보면서 웃고 있는 모습이 역시 박용래 선생답다.

다시 선생을 중심으로 사진의 오른쪽 첫번째가 전민 시인이다. 결혼식 사회자였기에 선생 옆에 바짝 붙어 서 있었지 싶다. 그다음은 대전의 최원규 선생이고 차례대로 김명수 시인, 김현기 시인 등이다. 그리고 그 사이로 안경을 썼는데 눈을 감고 있는 분이 나의 공주 사범학교 때 은사이신 윤야중 선생이다.

어떻게 보면 이 사진은 아주 서툰 솜씨의 사진이고 또 어수선한 분위기의 사진이다. 다리 부분을 어정쩡하게 잘라 버렸고 또 사진의 오른쪽 부분은 더욱 심각하여 사람의 몸통이며 얼굴을 뭉텅 잘라 내고 말았다. 사진 밖에 더 많은 사람들이 있을 것만 같고 사람들의 수런거림 같은 것이 배어 있는 사진이다. 아닌 게 아니라 그날 사진 밖에는 구재기, 권선옥 시인의 얼굴이 더 있었다. 그렇지만 이 사진은 나에게 아주 중요한 사진이다. 지금은 되돌릴 수 없는 시간, 다시는 만날 수 없는 인물들이 숨 쉬고 있다. 박목월 선생을 비롯하여 박재삼 선생, 박용래 선생, 윤야중 선생은 이미 이 세상 분이 아니시다.

그리운 한 시절이여. 잊지 못할 순간이여. 사람은 가고 세월은 변했어도 낡고 흐린 사진 속에는 여전히 아름다운 모습들이 남아 있구나. 주례를 보시고 서울로 가시는 선생께 나는 차비조차 제대로 챙겨 드리지 못한 얼치기였다. 다만 아버지가 준비한 참깨 몇 말을 꾸러미에 담아 드렸다. 아, 구차함이여. 송구스러움이여. 이러한 마음조차 이제는 소중한 마음의 재산이 되었음이여.

(2010)